35
ANOS

PEIXE ESTRANHO

LEONARDO BRASILIENSE

Peixe estranho

Romance

COMPANHIA DAS LETRAS

Copyright © 2022 by Leonardo Brasiliense

Grafia atualizada segundo o Acordo Ortográfico da Língua Portuguesa de 1990, que entrou em vigor no Brasil em 2009.

Capa e imagem
Mateus Valadares

Preparação
Márcia Copola

Revisão
Carmen T. S. Costa
Márcia Moura

Os personagens e as situações desta obra são reais apenas no universo da ficção; não se referem a pessoas e fatos concretos, e não emitem opinião sobre eles.

Dados Internacionais de Catalogação na Publicação (CIP)
(Câmara Brasileira do Livro, SP, Brasil)

Brasiliense, Leonardo
    Peixe estranho : Romance / Leonardo Brasiliense —
1ª ed. — São Paulo : Companhia das Letras, 2022.

    ISBN 978-65-5921-239-2

    1. Romance brasileiro I. Título.

21-95346   CDD-B869.3

Índice para catálogo sistemático:
1. Romance : Literatura brasileira B869.3

Eliete Marques da Silva – Bibliotecária – CRB-8/9380

[2022]
Todos os direitos desta edição reservados à
EDITORA SCHWARCZ S.A.
Rua Bandeira Paulista, 702, cj. 32
04532-002 — São Paulo — SP
Telefone: (11) 3707-3500
www.companhiadasletras.com.br
www.blogdacompanhia.com.br
facebook.com/companhiadasletras
instagram.com/companhiadasletras
twitter.com/cialetras

Inspirado em amores reais

PEIXE ESTRANHO

1.

Amanhece com tempo seco após a madrugada chuvosa. O portão de aço da Transportadora Blue Angel se abre pesadamente e rangendo ao deslizar sobre o trilho no chão. O logotipo alado, azul e branco, vai desaparecendo por trás do muro alto imponente que se completa com uma cerca de concertina dupla, elétrica. Despejam-se dois caminhões: o primeiro toma a rodovia para a direita, no sentido capital-interior; o segundo, para a esquerda, vai entrar na cidade, nosso destino.

A água empoçada nos sulcos do asfalto ainda reflete nuvens, outdoors coloridos, letreiros em neon, fachadas de indústrias, mais nuvens, a luz vermelha do primeiro semáforo, a luz verde, faróis, fachadas de lojas, de prédios, poste, nuvens, poste, poste... O caminhão passa devagar por um viaduto com trânsito em meia pista devido a obras. Há edifícios de ambos os lados, janelas abrindo-se na altura do viaduto, outras já abertas, pessoas acordando-se, pessoas acordadas, luzes acesas porque o dia ainda não invadiu os apartamentos, luzes acesas porque nunca se apagaram, insones.

Trinta minutos rodando, o caminhão entra num bairro de casas e de condomínios residenciais. Ao dobrar uma esquina à direita, ouvimos um pequeno baque: atropelou um gato morto, o bicho agora esfacelado. Mais duas esquinas, entra na rua dos Gerânios, larga, paralelepípedos perfeitos, simpática. Para em frente ao número 29: casa pequena, recentemente pintada de verde-oliva, portão branco.

Do carona, desce um funcionário da transportadora, boné com logotipo, toca o interfone da casa, volta e fala algo ao motorista, que também desce do veículo, também de boné com logotipo, e os dois vão abrir a carroceria e retirar dela uma caixa retangular com mais de metro e meio de comprimento e aparentemente pesada.

O morador da casa, homem de quarenta anos, um pouco alto, cabelos pretos e fartos, óculos e pijama vermelhos, vem até o portão e, antes de abri-lo, olha ao redor para certificar-se de que não haja vizinho algum por perto.

Posso te chamar de Analice? O teu cabelo me lembra uma pessoa de muito tempo atrás, e a boca... Deixa assim, não quero falar nela. Estamos aqui, você e eu. Isso é que importa, nós dois nesta casa.

Um recomeço.

Meu nome é Marvin. Os amigos de infância, quando

encontro algum, me chamam de Marciano, sabe, do Looney Tunes. Na época da faculdade, a turma inventou um diminutivo que nem gosto de repetir. Depois, no trabalho, os colegas me deram outro apelido, decente, mas não vem ao caso. E minhas mulheres, a primeira e a segunda ex, as duas sempre me chamaram de Marvin, simplesmente.

Você pode me chamar como quiser, Analice.

Você é mais bonita em pessoa do que nas fotos. E tem sardas. No site eu não tinha reparado nelas. Até nos ombros. Acho uma graça.

Isto aqui? É uma cicatriz bem antiga. Me machuquei quando era criança, brincando. Me empurraram, de brincadeira. Você não tem nenhuma cicatriz, não é?

Claro que não.

Você é perfeita.

Ela tem um metro e sessenta e oito de altura, pesa quarenta e cinco quilos, cabelos castanhos, pele clara, olhos verdes de cílios compridos e sardas discretas nas maçãs do rosto, nos ombros, no colo. O nome de batismo era Renee. Ela nasceu em San Marcos, pequena cidade do condado de San Diego, na Califórnia, Estados Unidos da América, e seu pai se considera um artista. Chegou à casa de Marvin elegantemente maquiada e com as unhas pintadas de vermelho-borgonha, com um vestido púrpura de decote mediano e aberto nas costas. A maquiadora e manicure e a estilista, empregadas de seu pai, também consideram o que fazem uma arte.

Tem bons modos. Sentada no sofá da sala, cruza as pernas com charme enquanto ouve Marvin falar — ele gosta de falar. Em nenhum momento o interrompe, ela tem paciência.

Bonita, bem-vestida, educada e paciente...
Analice é perfeita.
Ela é uma boneca de silicone.

Meu médico tem razão, sou um romântico, um romântico renitente. Sim, Doc, um caso crônico de esperança no amor, crises agudas de paixonite, sou incurável.

Hoje foi a sessão do mês, contei a ele sobre você. Não todos os detalhes, seria enfadonho. Contei o essencial, na medida que um psi deve saber.

Talvez ele não repare, é difícil as pessoas repararem em si próprias, mas tem um tique: toda vez que vai fazer uma intervenção, ergue as sobrancelhas e expira antes de falar. E eu já penso: "Vamos lá".

Primeiro torceu o nariz porque te conheci na internet. Perguntou se precisava me advertir dos perigos, já não sou criança e muito menos ingênuo pra cair em certas armadilhas. Ele tem razão sempre, mas não entendeu quando eu disse com veemência que você é incapaz de mentir.

Depois veio aquela chatice teórica de costume:

— A maior armadilha é a sua projeção, é você admirar, no outro, qualidades que ele não tem, e ouvir palavras que ele não disse.

"Ok, já sou grandinho, Doc, eu me cuido."

Isso não falei, mas fiz cara.

Outro tique bem marcante: quando a sessão vai acabar, ele cofia a barba grisalha e me encara suspirando. Ele deve ser dois ou três anos mais velho que eu, não mais, e já tem barba grisalha e é careca; tem uma calvície esquisita — com um tufo de cabelos na frente, um telhadinho sobre a testa, que resiste em partir.

No fundo, gosto dele. Me ouve bastante, fala pouco, me dá as receitas. A gente se acerta bem faz uns seis ou sete anos. Mais que muito casamento.

Vou dizer: apesar do meu passado, e aparentemente a vida até ontem não sorriu pra mim nesse aspecto, ainda acredito no amor. E apesar de termos nos encontrado dessa forma, tenho plena esperança em nós dois. Como disse para o Doc, sou incurável.

Mas entendo a advertência dele...

Quando a primeira ex "foi embora", os caras do Radiohead estavam lançando o *In Rainbows*. Uma grande coincidência: eles, a maior banda de todos os tempos, sem gravadora; eu, sem esposa. Mas a vida segue.

Eles tiveram aquela sacada genial de usar a internet a seu favor: colocaram o álbum pra download com a ideia de "pague o quanto achar que merecemos", dava pra baixar de graça. Deu polêmica, e funcionou. Curti as músicas, todas, mas levei quase três anos — e nesse meio-tempo cometi alguns desastres — até perceber que a estratégia também servia pra mim: internet.

Dos desastres, nem quero falar. Rolou de tudo: balada, aventura de uma noite só, aventura de um fim de semana, *double date*, aventura entorpecida por cerveja ou vinho, e inclusive o pior dos erros: colega de trabalho.

Então a internet seria uma brincadeira. Nunca fui ingênuo. Sabia — acho que nasci sabendo — o quanto as pessoas mentem umas para as outras na hora da conquista desde que existe conquista. Imagina em tempos virtuais.

O site, escolhi pelo nome. Era o mais sugestivo e o mais ridiculamente óbvio. Enquanto preenchia minha ficha, fiquei me perguntando se alguém levava aquilo a sério. Menti, e de propósito, em quase tudo...

Mulheres gostam de homem mais velho: "cinquenta anos".

Não sou baixinho, tudo bem, mas poderia ser mais alto: "um metro e oitenta e cinco".

Tipo físico: "atlético, musculoso".

Estado civil, para alguma comoção: "viúvo".

Filhos? "Sim, e eles não moram em casa", daria alguma credibilidade sem espantar as carentes.

Se queria mais filhos? "Algum dia", a resposta mais neutra e morna entre "sim" e "não", pra não descontentar ninguém.

Algum indício de fraqueza nos humaniza, então, se fumava: "Sim, mas tentando parar".

"Espiritual, mas sem religião" me pareceu chique, moderno e aberto o suficiente nessa área.

Na tela dos interesses, deu vontade de marcar todos, só que me revelaria um fake. Escolhi uma combinação charmosa: "artes cênicas", "caminhada", "ioga", "jardinagem" e "leituras". Por um instante refleti se a lista combinava com o "atlético, musculoso", mas, foda-se, quem lesse não seria do tipo que liga tantos pontos, imaginei.

"Buscando por algo específico" deixei em branco, deixei para o destino, para o acaso escolher por mim... Eu só queria me divertir um pouco.

O último estágio: "Nos conte um pouco sobre você", com no mínimo cem caracteres.

O cursor piscava no boxe em branco enquanto algumas frases me passavam pela cabeça:

"Sou alegre e de bem com a vida..."

Apaga.

"O que importa é a gente ser leve..."

Apaga.

"O que mais admiro nas pessoas é a lealdade..."

Apaga, embora não fosse mentira.

De repente, percebi que a brincadeira tinha acabado e eu estava me preocupando de verdade com o que escreveria. Me esforçava sinceramente pra me "entregar". Tentava criar um slogan que, numa tacada só, me traduzisse e me tornasse interessante. Por outro lado, não pareciam coisas minhas, mas sim desejáveis; não o que eu era, mas o que *gostaria* de ser.

Precisava recuperar o foco, afinal entrei no site de relacionamentos foi para zoar e...

Aquilo não estava acontecendo comigo.

Eu tinha uma caixa de fósforos com o logo do café e me perguntava por que eles deixariam caixas de fósforos nas mesas se ali era proibido fumar. Café Odara: no desenho, uma garota de cabelos fartos sorrindo com uma xícara na cabeça. Outra coisa estranha: era uma caixa mesmo, das que abrem como gaveta, não uma carteira de fósforos de hotel. Não parecia um mimo, parecia a casa da minha mãe, da minha avó. Mas os palitos coloridos não estranhei, eles combinavam com o lugar cheio de cores e plantas e desenhos de gatos no papel de parede.

Ela estava atrasada seis minutos.

Pra fugir do tédio e da ansiedade, a gente vira observador. Então vi coisas que deveriam estar em todos os cafés que já frequentei na vida mas sempre me passaram batidas: as xícaras de boca pra baixo no topo da máquina de café, aquecendo, ou, atrás da máquina, abaixo da prateleira de destilados, a pequena janela retangular do passa lá dá cá entre o salão e a cozinha. Da cozinha, eu via apenas as mãos da funcionária aparecendo e desaparecendo com uma rapidez que não me deixava entender o que era a tatuagem preta no dorso da esquerda, uma teia de aranha.

Esperar é irritante. Ficar ali sem fazer nada, contando o tempo.

Observei as pessoas, havia poucas. Além da barista de avental amarelo e do garçom menor de idade, somente um velho magro de abrigo esportivo, lendo um gibi do Pato Donald e tomando suco de laranja de canudinho. Ele usava um aparelho auditivo minúsculo, moderno, caro, discreto, que só notei porque estava de fato empenhadíssimo em me distrair.

No site, ela não disse que era pontual. O que ela disse? O mesmo que eu: nada. Escrevemos quase a mesma coisa, ou a mesma coisa usando palavras diferentes, e nem tão diferentes. Que era muito difícil... Não, que era *impossível* falar de si próprio sem esbarrar no autoengano ou na mentira explícita pra enganar o outro. Pensei: "É gozação". Não mentimos, ao menos eu não menti; escrevi de brincadeira, e ela também só podia estar brincando. Ninguém fala uma verdade dessas a sério, talvez no leito de morte — mas isso é outra fantasia, porque as pessoas morrem agonizando ou de surpresa, tipo num acidente, num ataque do coração, num derrame, não sobra tempo nem tranquilidade pra sentenças, como dizer... Em resumo: era um site de relacionamentos, onde falar a verdade é quase proibido. Digo mais: também não mentimos nas fotografias: as duas claramente saíram de algum banco de imagens da internet. Foi identificação imediata: ela era eu de saias, minha cara-metade, a enviada, a ungida. Escrevi um e-mail e ela respondeu de pronto. Teclamos até amanhecer. Na segunda noite, conversamos no telefone, horas e horas, como se ninguém precisasse dormir ou trabalhar ou fazer qualquer outra coisa no resto da vida. O papo à distância continuou por uma semana, a cada dia começando mais cedo, a cada dia aumentando a expectativa, aumentando a entrega, a intimidade, a angústia, até vir a urgência premente irrefreável e, por fim, a coragem de marcarmos um encontro.

Agora ela estava atrasada mais de quinze minutos.

Despertei com o chiado alto e borbulhante do leite se vaporizando na máquina de café. Me distraí olhando a barista de avental amarelo e touca de crochê segurar a leiteira de inox com a mão esquerda enquanto controlava a máquina com a direita e, depois de vaporizado o leite, trocar a leiteira de mão pra despejar a parte líquida na xícara de café e fazer o desenho na superfície derramando a parte cremosa como se o bico da leiteira fosse um pincel.

Ela tirou o avental amarelo, fez a volta no balcão, pegou a xícara de café, sem bandeja, veio até mim e pôs a xícara na mesa.

Olhei aquela tulipa de leite cremoso na superfície do café e disse:

— Ficou lindo, mas eu não pedi.

— É pra mim — ela respondeu enquanto se sentava na cadeira em frente.

Da touca de crochê, saía uma franja castanha que ficava muito bem com o rosto magro mas arredondado e com o nariz fino de bolotinha na ponta. Sempre sorrindo, ela me estendeu a mão:

— Prazer.

Com a outra mão, tirou a touca de crochê e revelou o cabelo curto estilo garotinho. Admito que não era de uma beleza absoluta, unânime, e sim daquele tipo de beleza que depende do amor pra ser percebido. E eu já estava amando havia dias, ou noites. Afinal, era a minha segunda ex.

* * *

A casa de Marvin, já dissemos, é pequena.

Por fora, o gramadinho da frente costuma ser bem aparado, e o verde da grama-esmeralda harmoniza com o verde-oliva da construção, de aberturas brancas. Falando em aberturas, nota-se que a casa é a única da vizinhança que tem porta na garagem; nas outras, os carros se abrigam sob telheiros.

Não há jardim.

Dentro, cozinha e sala se separam por uma bancada com tampo em marcenaria que numa extremidade serve de base para o cooktop e, na outra, é mesa de jantar. Pendendo sobre a bancada, três luminárias de acrílico vermelho-claro, das quais Marvin quase só usa a do meio. No lado da cozinha, a geladeira, não obstante seu design retrô, é moderníssima e preta; nas prateleiras acima da pia, muitos vidros de tampa hermética para arroz branco, arroz integral, arroz arbóreo, para feijão-miúdo, feijão-amendoim, feijão-preto, e vidros menores para canela, ervas, pimentas; ao lado, na parede, um relógio redondo de fundo preto e ponteiros e marcadores prateados faz tic-tac. Na sala, um rack baixo com a tv de cinquenta polegadas, um sofá de três lugares e uma mesinha de apoio lateral com abajur; nenhuma mesa de centro ou poltrona, como houve em outras épocas, deixando agora espaço bastante para circular a cadeira de rodas de Analice — seu meio de transporte pela casa, aliás, costume invariável nos lares onde residem bonecas de silicone, relativamente pesadas para andarem no colo.

Não há tapetes nem cortinas, Marvin tem rinite alérgica desde que sorriu para o mundo. Sobre a mesinha de apoio, por exemplo, as amarílis vermelhas no cachepô de fibra sintética são de uma mistura de silicone e seda, cortadas a laser para um efeito realístico.

Este cepo foi tudo o que ficou do primeiro casamento. Comprei na Feira de Tristán Narvaja, em nossa única viagem a Montevidéu.

Era um domingo nublado e frio, mas a gente curtia aquele cenário caótico: antiguidades, frutas, livros velhos amarelados, eletrônicos *made in China*, artesanatos e até coelhos. Achei esta obra de arte ao lado de uma barraca onde um senhor tipo Andy Warhol vendia panelas de cobre de todos os tamanhos. O cepo de madeira rústica é uruguaio, me disse o feirante; já as facas, do melhor aço alemão, Zwilling autênticas: três de carne, uma de legumes e a tesoura de cozinha — a maior das de carne já não é a original, tive que repor duas vezes, elas somem... Comprei sem me preocupar com o peso, com o excesso de bagagem no avião. Sempre quis e precisei de um jogo de facas boas, cozinhar é mais que passatempo, mais que terapia. A primeira ex achou a peça meio tosca.

— E nada a ver esse arranjo intercontinental pós-moderno — ela disse.

Mas suas tiradinhas estraga-prazeres, naquelas alturas, não me afetavam mais.

No início, as reclamações têm um peso maior. Começam com uma pequena crítica hoje, outra mais adiante. Elas vêm "pelas beiradas": são contra algum viés da tua família, contra algum amigo, um gosto por comida, música, até chegarem no essencial: no teu jeito de ser.

Então, como na teoria darwiniana, elas continuam lá, as reclamações, mas o bicho evolui e agora tem pernas e sai do mar pra terra, e cresce, ele pensa que é o dono do pedaço. Nesse segundo estágio, o perigo é outro: a gente se preocupa em não ser devorado, por isso o que antes era o grande problema agora já não incomoda.

Certo que nos primeiros anos eu não teria comprado o cepo de facas em Montevidéu. Mas aqui estão as minhas Zwilling maravilhosas...

E conosco será tudo diferente.

A primeira ex, conheci bem perto de me formar, em 1996. Festa no apartamento de um amigo. Daquelas em que se convida meia dúzia de pessoas, e estas levam outras, o apartamento enche, falta cerveja, todos fazem uma vaquinha e alguém sai pra comprar mais. Ela era amiga de uma amiga dele.

Meu amigo também curtia Radiohead e a novidade era o *The Bends*. Então a campainha buzinou três vezes, abri a porta, ela entrou ao som de "Fake Plastic Trees" e me encantei imediatamente — ou minto, porque antes do encanto olhei ao redor pra me certificar de que não havia nenhum homem junto. Magra, ruiva, olhos verdes de cílios grandes e tinha sardas, como você.

A amiga do meu amigo perguntou como era mesmo o meu nome; falei; a amiga nos apresentou. Durante o aperto de mão, tive um déjà-vu. Os cientistas dizem que o déjà-vu é uma confusão entre memória imediata e memória de longo prazo blá-blá-blá. Mas para aquele que se apaixona é a sensação inconfundível de que a pessoa sempre esteve em sua vida e nunca vai sair. Naquele momento, Thomas Edward Yorke, o gênio sacana, me sussurrava no ouvido:

She looks like the real thing

Ela estudava engenharia química, mas era bonita como as meninas da comunicação. Naquela noite não me deu muita abertura, mas também não esnobou. Falamos bobagens, rimos, trocamos telefones e, mesmo apaixonado, gostei quando ela disse que precisava ir embora porque no dia seguinte acordaria cedo pra acabar um trabalho. Gostei porque isso deu um ar de responsabilidade à menina? Não. Porque *eu* precisava respirar e entender o que estava acontecendo.

Do resto da festa, não me lembro. Acordei à uma da tarde no sofá do meu amigo, com uma dor de cabeça que, hoje, dezenove anos depois, eu sei, não fora causada pela cerveja, e sim pelo Thom Yorke sussurrando lá dentro:

And if I could be who you wanted
If I could be who you wanted
All the time
All the time

Ainda a casa de Marvin: no armário do banheiro, entre outras caixas de medicamentos, Stilnox 10 mg, para dormir, e Stavigile 100 mg, para acordar.

2.

O segundo quarto, Marvin usa como escritório. Sua escrivaninha de madeira clara em L acaba, a parte maior, na parede da porta, e a menor, numa estante de livros; a parte maior da escrivaninha tem o computador e um aparelho de som, e a menor é cheia de papéis, talvez contas, numa certa desorganização a contrastar com o resto da casa — olhando de perto, parece uma desordem calculada; na parede dessa parte menor, duas prateleiras aéreas contêm filmes e discos, muitos discos.

É noite. Marvin e Analice em frente ao computador; ele de pijama bordô em sua cadeira executiva de couro ecológico preto; ela de camisola magenta em sua cadeira de rodas também preta. Ela com a perna esquerda esticada repousando o pé sobre a coxa direita de Marvin, que lhe massageia os dedos enquanto navega pela internet. Analice tem a cabeça voltada para a tela do computador, olhos abertos.

— Punta Cana — ele diz. — Passagens mais hotel, quatro diárias... O pacote é bom. Um colega meu foi ano passado. Quando ele contou, desdenhei porque sou avesso a pacotes, coisa de turista, coisa de velho. Mas um lugar desses...

Nos olhos de Analice, reflete a tela do computador.

— O melhor da viagem são os mergulhos em Isla Catalina. Nunca me imaginei mergulhando. E você?

Analice não responde.

— Não quero parecer piegas, bem, já estou sendo, mas, depois que te conheci...

Analice na mesma, segue olhando para a tela.

Marvin clica em outro destino.

— Eu sempre quis ir a Santiago do Chile. Café com pernas, vinhos... Seria ideal no inverno. Olha aqui, três horas de voo, dá pra fazer num feriadão.

A partir daí, ele segue em silêncio. Na página da agência de viagens, agora, Foz do Iguaçu: indicação de hotel, vários horários de voos e um preço bastante convidativo. Marvin digita no Google e abre um site onde se vê uma foto belíssima das cataratas. Ele entra no link do Parque das Aves: antes de tudo, vê um tucano com olhar assustado.

Marvin larga o mouse e se volta para Analice.

— No que você está pensando?

Analice olhando para a tela.

No banheiro, Analice dentro do boxe, sentada num banco de plástico branco, e Marvin sentado noutro banco de plástico branco fora do boxe. Ele não usa a ducha, usa o chuveirinho. Primeiro a molha, depois larga o chuveirinho no chão e a ensaboa, começando pelos braços.

— Eu também dava banho na primeira ex, de vez em quando. Ela gostava. Não era de vez em quando, era bem seguido. Eu gostava. Aquele cheiro do sabonete italiano...

Ele pega o sabonete neutro e se detém olhando-o.

— A tua pele é mais sensível.

Analice tem a cabeça escorada na parede, com uma touca plástica para não molhar o cabelo, e o olhar fixo nalgum ponto no ângulo entre a parede oposta e o gesso do teto.

Marvin, rindo, ensaboa o pescoço de Analice.

— Também tenho cócegas, aguenta aí.

Ele desce e delicadamente lava o seio, lava as mamas, desce para o abdômen. Para de esfregar e, plácido, fica olhando o abdômen da companheira.

— Teu umbigo é perfeito. Odeio umbigo saltado.

Ele continua, vai à pelve.

— Sei, o sujeito não tem culpa de ter umbigo saltado. É culpa da mãe que não cuidou. Parece freudiano isso? Freud não deve ter falado em umbigos, não assim, mas podia.

Marvin para de esfregar e olha Analice nos olhos.

— E se o cara não teve mãe?

Analice, agora com a touca baixada até as sobrancelhas, continua olhando fixamente a parede oposta.

Marvin sai do banco de plástico e se acocora para ensaboar as pernas de Analice. Ele esfrega um pouco mais forte e ela se desequilibra, quase cai do banco, Marvin impede, corrige a posição dela sem pedir desculpas, e continua esfregando então mais devagar, calado.

Com o incidente, o elástico da touca de banho roça as pálpebras de Analice, o que Marvin, absorto na lavagem das pernas e em seus próprios pensamentos, não percebe.

Ele se põe em pé e olha para Analice por alguns segundos com uma expressão distante. Tem o sabonete na mão direita a pingar água ensaboada no chão fora do boxe. Seu olhar morto não combina com a advertência:

— Agora vem a pior parte. Não conheço ninguém que não morra de cócegas nos pés.

Analice, com os olhos parcialmente tapados pela touca de banho, mantém uma postura de corajosa indiferença.

Marvin baixa a cabeça e repara na poça de água ensaboada no chão do banheiro, mas não altera uma ruga sequer no rosto para dizer:

— Que lambança, amanhã é sexta e vem a dona Judith, ela vai me matar.

Dona Judith, a faxineira evangélica, sessenta anos, limpa a casa de Marvin toda sexta-feira. Eles raramente se veem: ela tem as chaves, e Marvin deixa os honorários na bancada que separa a sala da cozinha, sob um peso de papel de chumbo — o Buda gordo em posição de lótus; ela chega depois que ele já saiu para trabalhar e vai embora antes que ele retorne. Além de faxinar a casa, dona Judith lava e passa a roupa de Marvin. Eles não apenas raramente se veem como também raramente precisam trocar recados, combinaram tudo no primeiro dia, foram claros, objetivos, precisos: ela deixaria um bilhete com a lista do material de limpeza conforme acabasse, e ele deixaria um bilhete com algum pedido que saísse da rotina — o que aconteceu no máximo três ou quatro vezes nesses sete anos de "convívio", de forma eficaz.

Dona Judith foi contratada logo após a primeira separação de Marvin, substituindo a faxineira de confiança da primeira ex. Substituindo combinações, rotinas, preferências e até os cheiros. Mesmo coisas de que Marvin gostava mudaram — a marca do sabão em pó, por exemplo —, era uma necessidade. Dona Judith, embora invisível, representava uma vida nova, o que na época fez muito bem ao dono da casa, para sua autoestima e seu ânimo, mas agora lhe coloca um problema, do qual ele se dá conta durante o primeiro banho de Analice, na hora de lavar os pés de Analice, na véspera da faxina semanal: como esconder a boneca.

Analice já esteve sob um olhar interrogativo desses, no galpão onde fora gestada, em San Marcos, na Califórnia, quando ainda se chamava Renee.

Stephen Malbus, ruivo de trinta anos, funcionário responsável pela confecção de pés e mãos, ficou durante uma boa meia hora a observá-la pendurada numa barra de metal que sustentava pendidas por correntes outras quatro bonecas, em fila indiana, todas prontas ou quase prontas para serem despachadas. Fim de turno, Stephen

Malbus ficara sozinho na fábrica. Ele respirava sereno, inclinava a cabeça para a esquerda, inclinava para a direita, os olhos espremidos em Renee, nos pés de Renee, no pé esquerdo de Renee.

Poucos dias antes, sem ninguém ver, Stephen Malbus modelou o dedo mínimo do pé esquerdo que viria a ser o de Renee com um ângulo para dentro, discreto, imperceptível à maioria das pessoas.

Semanas antes, Stephen Malbus não cabia dentro de si. Não sabia o que fazer; tinha a impressão de que dessa vez o álcool não o salvaria, de que a maconha não o salvaria, precisava de outra forma de se libertar. Não formulava em pensamentos claros o que sentia correr desconfortavelmente entre as fibras de seus músculos, desde a infância: a opressão: o pai corrigindo-o para ser destro e não canhoto, os amigos insistindo em falar de basquete em vez de gibis, a professora reclamando de sua caligrafia, o ônibus passando na frente de sua casa cinco minutos antes do ideal, o patrão... enfim.

O dedinho torto de Renee, hoje Analice, pode um dia ter salvado Stephen Malbus da angústia, provavelmente da loucura e talvez até mesmo do suicídio. Este dedinho torto pode fazer de Analice uma boneca singular, é seu traço pessoal, sua marca. No entanto, Marvin não tem duas bonecas para saber da diferença e, mesmo que duas tivesse, haveria chance de não reparar em função da minúcia, da sutileza... Detalhe que a própria Analice poderia não perceber, caso fosse de sua índole perceber ou sentir alguma coisa.

De fato, ela não sente cócegas enquanto Marvin lava seus pés e também não se incomoda com a touca tapando-lhe agora os olhos totalmente.

Nunca fui cego. Só fingia não ver as coisas. Por um lado, não dava uma de paranoico, e por outro, não me incomodava. A primeira ex sempre foi bonita.

Aquele meu amigo, o dono do apartamento onde nos conhecemos, me advertiu:

— É bonita demais pra você.

Ele falava em tom de humor, meio Nelson Rodrigues:

— Sofre menos quem namora uma feia.

Eu pensava, no máximo: "Cara, isso é brega". E convenhamos: se advertência funcionasse, ninguém se apaixonaria. Nunca.

Fomos morar juntos dois anos depois da festa. Ela conseguiu a bolsa de mestrado e ficaria difícil nos vermos durante a semana. Na verdade, eu queria morar com ela fazia tempo; ela é que tinha um certo amor pela solidão, sei lá. Ela precisava de umas horas, todos os dias, sem compartilhar o espaço, a agenda, o ar que respirava, entende?

Eu deveria agradecer ao orientador do mestrado que deu uma forcinha pra ela ganhar a bolsa? No fim, nunca me encontrei com o cara, e ela não falava espontaneamente nele. Mas num papo aqui, outro ali, pesquei: sujeito viúvo, cinquentão...

— Onde você estava?

— No departamento.
— Às dez e meia da noite?
— Meu orientador trabalha muito.
— Esse cara não tem família?
— Ah, entendi. Olha, Marvin, ele tem uma filha quase da minha idade. Você não vai ficar com ciúme, tá certo?

A humanidade rumava para o fim dos anos 1990, o Radiohead já anunciando o século XXI no *Ok Computer*, e eu, descolado, contemporâneo, apreendendo o mundo em novos conceitos, me deparei com uma palavra antiga daquelas, uma palavra que ali deveria estar gasta de tão antiga: ciúme.

— Claro que não — respondi.

Pálida, a primeira ex detestava praia. Eu adoro, sempre adorei, desde criança. E na praia viro criança. Dá pra imaginar este criança aqui, quarentão, barriguinha branca e flácida, pulando onda com um sorriso de plena felicidade? Como disseram os caras, no *Pablo Honey*: "Se o mundo gira e Londres queima, vou ficar na praia com a minha guitarra".

Ela detestava, mas sempre viajava comigo para o litoral, todos os verões, ao menos por uma semana, só pra reclamar. Gostava da brisa fresca, dos restaurantes, gostava das caminhadas na areia — sozinha — de manhã cedo. Isso transparecia, não era admitido. Então por que tanta reclamação? Não sei. Confesso que as mulheres me fizeram perceber e aprender a lidar com o fato de que todo ser humano considerado normal pode ter pensamentos homicidas com alguma frequência; o segredo pra se manter na civilização é saber conviver, não necessariamente com as pessoas, mas com essas vontades.

Ela jamais disse: "Faço questão de caminhar sozinha na praia". Não. Ela fazia um jantar legal — tarde —, tomávamos bastante vinho branco, e no outro dia eu não tinha condições de acordar cedo. Era assim. Um dia pensei: "Amanhã vou segui-la", e ela ouviu meu pensamento: fez a janta mais tarde ainda, tomamos mais vinho ainda... No dia seguinte, quando acordei, ela, já de volta, me deu um beijo na testa e me chamou de preguiçoso — como se estivesse ali, ao lado da cama, esperando pra me alfinetar.

Na praia, enquanto eu entrava na água e brincava e pulava e aquela coisa toda, ela, debaixo do guarda-sol, tapada com toneladas de protetor solar fator cinquenta, lia. Na areia, lia poesia; os livros de química ficavam na casa... Ela não viajava sem eles, praticamente não sabia o que eram férias, acho que não queria mesmo saber: no começo devia relatórios e artigos aos orientadores, e depois, já professora doutora, tinha que ler e revisar os relatórios e artigos dos orientandos... Mas ia comigo até a praia e entre os versos de Coralina e Hilst olhava por cima dos óculos de sol pra me ver pulando onda e baixava os olhos para os livros quando eu voltava, perguntando sempre:

— O mar está bom hoje?

Como se pretendesse correr pra água.

Às vezes, eu ficava sentado com ela debaixo do guarda-sol, observando as pessoas. Achava engraçados os velhos caquéticos de sunga murcha e tênis esportivos, admirava umas bundas, e me prendia na algazarra das crianças: a gritaria, a correria, o balé dos pais pra conter as diabinhas... Às vezes, eu ria e fazia algum comentário insinuante a respeito de crianças, filhos, e ela, sem tirar os olhos do livro, devolvia rápida e certeira como um bom rebatedor de beisebol:

— Nem pensar.

Quinze horas no relógio de fundo preto e ponteiros prateados na parede da cozinha, janelas todas fechadas, penumbra.

De fora da casa, vem o som de uma bicicleta infantil, com rodinhas laterais, em alta velocidade, ora uma ora outra das rodinhas a raspar na calçada. Conforme ouvimos o piloto afastando-se em efeito Doppler, resta aqui dentro o tique-taque do relógio.

Na sala, a luz que passa pelas frestas da veneziana marca em faixas o rosto de Analice. Sentada no sofá, ela repousa levemente inclinada para a esquerda. Os olhos abertos e fixos num ponto indistinguível não se incomodam com a luz.

Tic-tac, tic-tac... 15h15.

De fora da casa, ouvimos a bicicleta com rodinhas laterais passando agora no sentido contrário e numa velocidade menor, as rodinhas raspando cansadas na calçada, ora uma... ora outra... ora uma... ora outra.

Uma nuvem encobre o sol: as faixas de luz no rosto de

Analice desaparecem. Ela continua olhando na mesma direção — seus olhos verdes, de cílios compridos, não piscam. Tic-tac, tic-tac... 15h27.

A posição inclinada de Analice incomodaria alguém que fosse de reclamar — um descuido de Marvin. O olhar fixo dela, noutro contexto, diríamos "pensativo". E se o narrador fosse romântico, descreveria como "lacrimejante" o brilho nos globos de acrílico.

Outra nuvem, mais densa, aproximou-se: a penumbra aumenta, perde-se toda a cor nos olhos de Analice.

TRIIIIM... toca estrondosamente o telefone.

O papel de parede no café da segunda ex me avisou. Estava tudo ali, não só nas paredes. E não dei bola. Retrospectivamente tudo nos avisa, tudo nos adverte. Mas de que adianta?

Quando acordei com o birmanês de quatro quilos e meio afundando as patas no meu pescoço, as imagens do papel de parede voltaram em flashes de filme classe B, entremeadas por relâmpagos e trovões, um clichê pavoroso. Depois do susto, eis meu primeiro pensamento consciente e organizado: seria ainda pior se eu tivesse conhecido o gato antes, ele mais novo, no auge dos seus sete quilos. Lá atrás, um gato pesado demais pra média da raça, e agora, aos quinze anos, um gato velho demais pra expectativa de vida da raça. Quero dizer, em todos os sentidos, em especial pra mim, rinítico, o termo "demais" traduzia perfeitamente a existência daquele gato.

Acordei sozinho em casa... Bem, acordei com o gato, mas sem ela. Havia um bilhete na porta da geladeira dizendo que ia sair mais cedo pra receber um fornecedor no café e me pedindo pra comprar a ração do Príncipe, estava no fim ou já tinha acabado, não lembro. Sim, o nome dele era Príncipe; caso eu almejasse o título, que desistisse. Então, uns minutos depois de controlar o desejo de afogar o gato na água da privada, eu era o responsável por alimentá-lo, e bem, com uma ração cara que manteria seus rins protegidos do excesso de proteína e seu pelo sedoso e cheiroso. Perfeito. Era a magia do amor. Ou melhor, da paixão. Ou do amor da segunda ex pelo gato, seu Príncipe, e da minha paixão por ela, deixando as coisas precisas.

Mas, na época, essa precisão toda não existia, não em mim. Nos casamos meteoricamente, atropeladamente, cegamente apenas dois meses após o primeiro encontro no café.

Quando você parar de rir, eu continuo.

A teia de aranha também estava lá, tatuada na mão que atravessava a janelinha. Você sabe quando uma aranha é perigosa ou inofensiva? Eu não. Só sei, como todo mundo, que as caranguejeiras não fazem mal nenhum, justamente as mais feias e assustadoras.

A sócia da segunda ex tatuou a mão pra disfarçar uma queimadura. Ela gostava de namorar meninas na faixa dos vinte anos, não obstante fosse quase da minha idade. E tatuagem assusta menos a juventude que cicatriz de queimadura.

Ela e a segunda ex se conheceram num bar e depois de alguns vermutes e muitas cervejas descobriram o sonho em comum: ter um café. Para investir no sonho, a segunda ex largou a faculdade de direito no oitavo semestre, e a sócia largou o marido gago e "violento" que lhe provocou a cicatriz com a leiteira em que tinha acabado de ferver dois ovos. Enquanto a segunda ex preparava os cafés, a sócia cuidava da cozinha e fazia os lanches — as tortas e bolos elas encomendavam de um cara.

As duas compartilhavam também outro gosto: bossa nova. O escritório aqui em casa se encheu de discos da Nara Leão, da Maysa, da Leny Andrade e, claro, do João Gilberto, ao lado dos meus Radiohead.

Pode rir.

Confesso que do João Gilberto aprendi a gostar. Era outro *weird fish*, como diria o Thom Yorke. Aquele tipo estranho que fica lá, no fundo escuro do oceano mais fundo, onde a luz não chega e de onde ele precisa fugir... Às vezes eu também me sentia assim. E isso é pior que se desenredar de uma teia de aranha.

Você curte programa de culinária?

O desse loiro é ótimo. Não fica na lenga-lenga, na demagogia de ensinar só coisas que a dona de casa possa fazer com o que tem nos armários. É o lance da conquista, sei, mas pensa comigo: o telespectador continua sempre onde está, na mesma, a vida inteira, repetindo, repetindo. Já o loirinho aqui te força a ir atrás da novidade, ir além... Pareço garoto-propaganda, mas você me compreende.

Agora presta atenção nas facas. Este cara entende mesmo de facas. Sabe escolher, sabe manejar. Presta atenção nos movimentos: ele é preciso, não hesita, a lâmina parece a continuação do braço, faz parte do corpo dele, uma harmonia. Eu não chego nem perto disso.

A primeira ex também gostava de cozinhar, já contei, mas não sentava pra ver esse tipo de programa comigo. Na TV, ela só queria documentário de bichos, de floresta, de vida marinha... A contradição em carne e osso. Eu falava:

— Ora, você tem pavor da natureza de verdade, nem entra no mar!

Ela me olhava sem responder. Não era um olhar de reclamação, nem de repreensão, nem deboche, nada; era o olhar tranquilo de quem não vê por que discutir o assunto. Ela ouvia minha crítica e seguia assistindo ao programa numa boa.

"Não discutir o assunto" sempre foi o seu jeito de lidar comigo. Mesmo quando queria me criticar — sei que já contei —, ela ia pelas beiradas, falando com uma sutileza ou num tom que não esperava e não dava chance pra réplicas. Me lembro de várias situações. Meu cabelo, por exemplo: ela não gostava do corte, deixava claro nos comentários, mas "respeitando" minha escolha; nunca foi direta tipo: "Não faz desse jeito, faz daquele". Eu não tinha algo palpável contra o qual me defender, nunca.

Depois, em qualquer coisa dessas, se eu mudasse, ela

me pedia pra explicar. E se eu dissesse que estava atendendo a um pedido seu, ela me mostrava, nas vírgulas, que jamais falou exatamente o que eu ouvi, e soltava a pérola:

— Você faz autocrítica e projeta em mim uma figura autoritária que não passa de uma necessidade tua.

Eu não discutia mais. Não tinha estômago pra enfrentar essa psicologia profunda de boteco. Isso me deixava...

Nem sei do que estou falando.

O que ele disse? Quarenta minutos no forno? Esse loirinho às vezes é muito rápido e me perco.

Mas reconheço: além de bonita, era inteligente — e eu, apaixonado pelo conjunto da obra. Metida na área dos outros, sim. Quem não é? Em futebol e na alma humana todo mundo acha que é doutor. Agora, no terreno dela... Degradação de polímeros sintéticos. Não me peça pra fingir que entendo, já fingi entender sempre que ela pensava alto, chega de fingimento. Porque eu sabia, sem mágoas: ela não falava comigo, falava consigo mesma enquanto rodávamos na estrada, enquanto comíamos num restaurante, enquanto vestíamos os pijamas pra dormir. Era sua linha de pesquisa, seu propósito na vida, sua missão na Terra, no que ela trabalhava e também orientava as teses dos alunos: degradação de polímeros sintéticos. Ou melhor: biodegradação, a vida destruindo o que já é morto. Claro que entendo o que é e pra que serve, só não assimilo a química, a intimidade atômica molecular das enzimas dos benditos fungos filamentosos, a técnica de como, enfim, se mata uma garrafa plástica.

Uma vez, paramos numa lanchonete na beira da estrada e ela pediu coca-cola em garrafinha de vidro.
— Só tem pet — disse o atendente, sorrindo.
Ela se virou pra mim e falou baixinho:
— Ele tá rindo de quê?
E pediu então um suco de laranja...
— Pelo menos esse vem em copo de vidro, não é?
O rapaz fez que sim, com o sorriso mais murcho, certamente sem entender onde ela queria chegar.
Pensei: "Linda, não quer ter filhos mas quer salvar o mundo; é o que se chama altruísmo". Claro que nem cogitei fazer o comentário em voz alta, porque...
Como é que é?
Espera aí, vou desligar a TV.
Eu falo demais nela?

Fim de noite. Com a luz da sala apagada, a TV clareia o ambiente numa sequência luminosa de cores. Analice e Marvin, ainda no sofá. Ao lado, a cadeira de rodas.
Embora os braços se encostem, o casal parece distante, sem intimidade, sem afeto. Marvin, calado como não costuma ser, tem os olhos tão estáticos quanto os de Analice. A TV está com o volume baixo, muito baixo, quase muda.
Marvin, ainda sentado de frente, vira o rosto para Analice e a observa por alguns segundos. Ela não corresponde. Marvin lentamente pega na mão de Analice. Ela continua ignorando-o.

Na TV, o programa — ao qual ninguém de fato assistia — acaba; tela preta, sobem os créditos.

Marvin, sempre sentado de frente, hesita com a mão no ar, mas por fim acaricia os cabelos de Analice. Sem dizer nada. Como se pedisse desculpas.

Analice não reage. Aceita. Ou ignora. Também é possível que esteja fazendo uma cena de "me conquista", usando todo o seu autocontrole feminino para deixar o amante louco ou um tanto confuso.

Marvin desliga a TV. Agora a sala fica na penumbra, mas podemos vê-los graças à luz que vem do poste e entra pela janela. Não enxergamos o rosto de Analice, no entanto podemos perceber que ela continua estática. Marvin se levanta e permanece um tempo olhando para ela, sem nenhum gesto ou palavra.

Com a TV desligada e o silêncio do casal, tudo o que ouvimos no ambiente é o tique-taque do relógio de parede na cozinha.

Marvin, com esforço, ergue Analice do sofá. Mas não a coloca na cadeira de rodas. Segura-a no colo e vai andando devagar até o quarto de dormir.

Eles entram.

A porta do quarto se fecha.

Nosso aniversário de um mês e parece que te conheço a vida toda. Hoje no trabalho foi cansativo, recebi um cliente chato, que paga metade das nossas contas, nem quero falar nele. É nossa comemoração, vamos comer, vamos brindar. Já liguei o forno e, olha, coisa linda este pato.

Acho que esta receita com vinho do Porto só fiz uma vez. Sim, uma. Barbadinha: por enquanto vão o pato, as fatias de bacon em cima e os cogumelos ao redor, tudo regado a Porto, naturalmente, e depois, a certos intervalos, vamos abrir o forno e regar de novo o bicho com o molho da própria fôrma.

Era fim de semestre. A primeira ex convidou três orientandos pra jantar aqui. Não lembro os nomes, nem interessam.

A moça, querida, tímida, tinha pinta de estudiosa e apenas um defeito aparente: não bebia, pediu água.

Os caras, não sei...

O mais velho me desagradou de chegada fazendo alguma piadinha do tipo: "Então este é o famoso excelentíssimo". Duvido que a primeira ex falasse de mim para os alunos, não era do feitio dela; o cara forçava uma intimidade desnecessária... Tão desnecessária quanto um jantar de fim de semestre com orientandos, convenhamos.

Tudo no forno, agora vou providenciar a guarnição: couve-flor gratinada com camembert.

Que olhar é esse? Não gosta de camembert?

Naquela noite, fiz batatas salteadas também.

O outro, o mais novo, não parecia um mala. Era falante, mas um falante educado: não me interrompia, não tinha necessidade de se exibir. Diria que gostei do rapaz, ou teria talvez gostado dele, não fosse um problema: ele estava aqui na minha casa jantando comigo e com a minha esposa... então esposa.

No começo, ela encheu minha bola dizendo que eu era o melhor cozinheiro da casa e tal. Por alguns minutos, esqueci o contexto do jantar: fiquei vaidoso — a primeira ex sabia usar isso ardilosamente.

Eles ficaram um tempo ao meu redor fazendo perguntas. Os dois caras entraram no jogo da professora; um deles falou que nunca havia comido pato, o outro elogiou minha escolha dos cogumelos. A moça, quietinha, sorria. A primeira ex abriu um vinho, pinot noir Casa Silva, dos meus preferidos, e aos poucos eles foram migrando pra sala. A moça foi a última a me deixar sozinho, querida.

Me dei conta do abandono, mas ainda tive a elevação espiritual de pensar: "Se na hora da janta ela não escolher um vinho mais forte, vai estragar tudo".

Eles riam. Falavam em planos pras férias, relaxados, bebendo vinho. O cara mais velho, irritante, ria mais alto que os outros. Quando eu não tinha mais o que cortar e precisava apenas regar o pato com o molho de tempo em tempo, eles já haviam parado de falar nas férias e começaram a atividade mais sagrada no meio acadêmico: fofoca sobre os colegas do departamento. Isso me inibiu de ir pra sala, fiquei na minha bancada bebendo meu vinho e observando. A moça, antes quietinha, soltou o verbo e se mostrou uma ótima observadora da vida alheia. O cara mais velho, o chato, de vez em quando virava o rosto pra me olhar e levantava a sobrancelha como se eu acompanhasse ou me interessasse pelo conteúdo da conversa deles — aquele tédio de quem come quem e quem se esconde no armário ou dele saiu recentemente. Eu me limitava a erguer minha taça, como brindando a situação, como dizendo: "Vão em frente, estou na boa aqui". A primeira ex me ignorava. E o cara mais novo, o educado, reparei que ele descruzava e cruzava as pernas ao mesmo tempo e no mesmo sentido que a professora. Achei interessantíssimo, prestei mais atenção, e vi que ele até mudava a taça de mão quando ela mudava.

Mais tarde, enquanto jantávamos, reparei que ele foi o que menos comeu o pato, e evitava me olhar de frente. Aí com umas três taças de vinho me encharcando os neurônios, o trocadilho foi automático:

— Não quis encarar o pato?

Na sessão seguinte com o meu médico, eu disse:

— Nem vem, Doc, eles me isolaram; não fiquei vendo de longe só porque gostava de observar a ex e os alunos de fofoca ou, pior, fazendo joguinhos insinuantes, essa putaria acadêmica toda.

Eles, os psi, têm essa mania de inverter o que o sujeito fala, a culpa é sempre, sempre nossa. Se alguém te magoa, você é masoquista; se batem no teu carro estacionado, você procurou a vaga de maior risco; se cair um meteoro no quintal, você é um para-raios de meteoros, obviamente.

Por que continuo indo às consultas? Ora...

Espera, esse é o tipo de pergunta que *ele* faria. Assim vocês dois me colocam na mesma posição. Não caio nessa armadilha, me desculpe. Olha, você nem tocou no pato. Já fiz a couve-flor sem camembert para te agradar, agora...

O cheiro? Que cheiro?

Da pimenta?

Difícil te agradar.

Analice e Marvin sentados no sofá, iluminados apenas pela TV sem volume. Ela veste camisola branca, bastante curta; ele bebe vinho tinto.

A ausência de cores refletindo neles denuncia que o filme na TV é em preto e branco. Até as amarílis no cachepô de fibra sintética sobre a mesinha de apoio perderam a cor.

Ambos têm o olhar vidrado na TV. Não fosse pelo movimento periódico de Marvin com a taça de vinho, a goles curtos, pareceriam os dois bonecos de silicone acomodados no sofá.

Marvin finalmente acaba o vinho, olha por alguns segundos para a taça com o mesmo olhar vidrado que tinha na TV, levanta-se e vai na direção da cozinha.

Analice permanece no sofá, na mesma posição, como se nada acontecesse.

Marvin retorna com a taça cheia.

Mais alguns segundos os dois estáticos no sofá e os olhares vidrados na TV. Marvin nem ergue a taça.

— Você não bebeu nada a noite inteira — ele diz, olhando para a frente.

Analice não responde.

— Não bebeu nem comeu — ele continua olhando para a frente.

Analice não pisca.

Marvin pega o controle remoto no braço do sofá e desliga a tv. A sala escurece.

Ouvimos o clique do interruptor do abajur na mesinha de apoio e com a luz acesa vemos Marvin se voltando para Analice.

— Faço tudo isso por você.

Ele espera uma resposta, uma reação.

Ele se escora novamente no encosto do sofá e bebe meia taça em apenas dois goles. Suspende a taça no ar e olha para Analice. Tem as pálpebras baixas e fala num ritmo lento:

— Prova este vinho, só um pouquinho.

Como ela continua imperturbável, ele investe: aproxima-se e leva a taça aos lábios dela.

— Vai, bebe.

Analice não aceita. Não faz nenhum gesto de repulsa, mas também não mexe a boca.

Marvin quase se debruça em cima dela e vai entornando a taça.

— Bebe, chega disso.

O vinho escorre pelos lábios de Analice, pelo pescoço, pelo colo, molha a camisola branca, manchando-a.

Marvin se levanta de supetão.

— Olha o que você fez!

Na tarde seguinte, chove.

De frente para a casa de Marvin, observamos o portão branco, sua grade tão vertical e perfeita quanto a chuva que, nem garoa nem forte, cai de um céu sem nuvens contrastantes, cinza-claro, homogêneo, sem trovões, chiando.

Não passa ninguém na rua para atrapalhar.

Mais além do portão, a casa, com o verde-oliva desbotado pela cortina de chuva: na direita, a garagem com a porta branca, fechada; no centro, o alpendre que abriga a janela veneziana da sala — com as folhas entreabertas — e a porta; e no recorte positivo à esquerda, a janela do quarto de Marvin — seria correto dizer: "de Marvin e Analice".

De novo no centro, vemos através da abertura na janela, aproximando: na sala, Analice, voltada para fora. A julgar pela altura, sentada na cadeira de rodas.

Aproximando ainda mais: o olhar de Analice, plácido, contempla a chuva.

O reflexo da chuva na íris verde do olho de Analice, e ninguém passando pela rua.

Uma, duas, três ervilhas esmagadas pelo garfo inoxidável no prato de porcelana branca. Os dedos pálidos e nodosos, com pelos pretos, a segurar o garfo e conduzi-lo nesse ervilhicídio insano, os dedos de Marvin, denunciam uma ansiedade, ou se diria até uma angústia, não há prazer, não há traço algum de perversão.

Sentados à bancada de madeira, apenas a pendente

do meio acesa, Analice e Marvin jantam, quer dizer, estão ali para jantar.

Sete, oito, nove ervilhas...

Na porta da geladeira preta, preso por um ímã na forma de estrela, um papelzinho com a lista escrita em letra cursiva trêmula:

desinfetante
saponáceo cremoso
limpa-vidros
álcool
saco de lixo P e G

De manhã cedo, já vestido para o trabalho, Marvin entrou no quarto. Analice dormia de lado, coberta. Ele, sem fazer barulho, agachou-se, pondo-se de cócoras na altura dela, observando-a. Os olhos da companheira serenamente fechados. Marvin acariciou os cabelos de Analice e olhou para o relógio despertador no criado-mudo: 7h50.

Agora o relógio preto de ponteiros prateados na parede da cozinha marca 21h35, e Marvin não tem mais ervilhas para esmagar, mas continua evitando o olhar de Analice. Ela, com os punhos sobre a bancada ladeando o prato, intocado, sustenta-se no banco alto presa com cinto de segurança numa cadeirinha de bebê.

Marvin crava os cotovelos na bancada e apoia a cabeça nas mãos, olhando para baixo.

— Não tenho escolha.

Respira ruidosamente. Olha para Analice.

— Você não entende?

De manhã, Marvin retirou Analice da cama com jeito — não queria acordá-la? — e a colocou na cadeira de rodas. Ao saírem do quarto — Analice de olhos abertos —, Marvin, distraído, deixou o apoio de braço da cadeira raspar no marco da porta; Analice por sorte estava com as mãos recolhidas, não se machucou.

— Acha que é fácil pra mim? — ele pergunta agora.

Analice não responde com palavras. O seu olhar, fixo em Marvin, mistura reprovação e desamparo. A reprovação ele percebe, e se defende:

— Lidar com evangélicos é o inferno. Se desconfia, ela pede as contas.

De manhã, Marvin abriu a porta interna para a garagem, porta de correr, e nos olhos de Analice vimos o reflexo da lateral do sedã bordô, sua maçaneta cromada...

— Você não gosta de sair de casa, eu entendo — ouvimos Marvin agora no jantar.

Ele se posicionou na frente da cadeira de rodas, inclinou-se e beijou Analice no rosto.

— A gente tem que fazer pequenos sacrifícios.

Ele retirou Analice da cadeira de rodas, pegou-a no colo e a beijou de novo, na testa.

— Relação nenhuma sobrevive sem pequenos sacrifícios.

Analice pesa quarenta e cinco quilos, Marvin a carregou com esforço até o fundo da garagem. Não viu que ela raspou a cabeça na parede duas vezes.

— Se tenho que fazer isso toda semana, é por nós.

No fundo da garagem, desajeitado, Marvin largou Analice de pé, escorando-a em seu próprio corpo, enquanto pegava a chave do carro no bolso de trás da calça.

— Chega de me olhar assim... Eu não suporto.

Se pudéssemos ver pelos olhos de Analice, a última imagem antes de passar o dia no escuro absoluto seria, de dentro, a tampa do porta-malas se fechando.

Você viu meu relógio azul? O analógico. Já faz três dias que procuro antes de sair e acabo...

Onde?

Mas não guardo os relógios naquela gaveta. Ali é o lugar das...

Sério? Desde quando?

Sei, sei, eu que escolhi o lugar das tuas calcinhas, da tua escova de dentes, mas...

Tudo bem, quer mudar o lugar das tuas coisas, a gente muda, só me diz...

Peraí, ok, me desculpa. Vamos começar de novo...

Não, não precisa te ofender, só quero deixar as coisas definidas. A gente precisa *mesmo* brigar por isso? Que acha?

Ótimo. Concordamos. Cada um guarda os seus pertences onde quiser. Paz...

Sim, sim, a gente se vê de noite. Eu te amo. Aproveita o dia então para arrumar...

Viu meus óculos de sol?

* * *

Faz quase uma semana, ouço de noite, quando a gente se deita, me atrapalha o sono. Alguém abandonou esse bicho aí na frente, não é comum ter gato de rua por aqui. Você não ouve? De manhã dou uma olhada enquanto espero o portão da garagem fechar, mas não vejo nenhum gato. Sinceramente, não sei se espero ver ou torço para não ver. Me diz você, que fica em casa, ele aparece de dia?

Não lembro o quanto fui claro na minha rejeição ao Príncipe, talvez tenha escolhido sempre as melhores palavras, o tom mais elegante, talvez tenha esperado compreensão demais da segunda ex. Outro dia eu reclamava da sutileza da primeira ex, como ela comia pelas beiradas, como ela cavoucava o barranco até ele desmoronar em vez de me empurrar direto lá de cima. Acho que aprendi a agir assim, peguei o jeito.

A verdade é que ninguém competia com o Príncipe. Nem eu, nem o pai.

Do velho, a segunda ex tinha um certo rancor, nunca entendi. Ele ficou viúvo cedo, ela era adolescente. Esperava o quê? O velho, que na época não era velho, casou de novo, e a relação deles, pai e filha, descambou pra sempre. Isso pesquei de pequenas histórias aqui e ali, não foi dito por ela com todas as letras. Vergonha?

O velho morava na cidade natal deles, no interior, aqui perto. Mesmo perto, ela quase nunca o visitava. Lhe faltava tempo: o café, o gato, até eu era desculpa. Quando nos conhecemos, a madrasta já tinha morrido fazia alguns anos. O velho morava sozinho, não incomodava ninguém. Estive com ele apenas uma vez, ele veio aqui fazer exames, ficou hospedado conosco. Me pareceu uma pessoa normal, quer dizer, como pai. Ele chegou num dia e voltou pra casa no outro, mal conversamos. Foi num dia em que a minha rinite andava estourada, eu só espirrava. Só pensava no maldito gato. Eu aqui entupido de antialérgicos, espirrando sem parar, e o Príncipe, felino, altivo, belo, andando pela minha casa livremente, impunemente. Eu sei, na cabeça do gato a casa era dele. Quem sabe até se incomodasse com os meus espirros.

Agora a comparação inevitável...

O velho, que trinta e dois anos antes por um ato de amor genuíno deu metade da vida à minha segunda ex, chegou na estação rodoviária às onze horas. Tinha um exame marcado pras dezesseis e uma consulta médica pra manhã seguinte. Ela o pegou na rodoviária quase ao meio-dia, levou-o para um restaurante qualquer onde almoçaram rapidamente — assim como rapidamente ele casou depois de viuvar deixando a filha de catorze anos traumatizada até hoje —, e o deixou sozinho aqui em casa até perto da hora do exame, quando veio buscá-lo, foram para o laboratório, ela pediu que uma das atendentes telefonasse avisando o fim do exame, voltou pra trabalhar no café, voltou para o laboratório quando o exame acabou, e deixou o desalmado progenitor de novo aqui em casa, sozinho, até que eu chegasse pra lhe fazer sala na medida que minha rinite permitisse, eu e o gato. No outro dia ela não conseguiu um arranjo mental satisfatório pra deixar o velho ir sozinho à consulta, mas, tão logo acabou, levou o negligente senhor à estação rodoviária, onde ele deveria esperar no conforto plácido de uma lanchonete seu ônibus partir dali a uma hora e meia.

Uma semana mais tarde, Príncipe adoeceu. O nobilíssimo felino — comprado com o dinheiro do mal-afamado pai quando a segunda ex veio fazer o vestibular de direito — começou a tomar menos água e fazer menos xixi. Foram quatro dias correndo pra lá e pra cá entre consultas, testes, exames, Google, segunda opinião, terceira opinião, insônia, falta de apetite, mau humor, grosserias comigo, o café largado totalmente nas mãos da sócia até o diagnóstico definitivo e indubitável de que o Príncipe estava bem velho, só isso. O tratamento: mudar a ração e aceitar.

Bateu uma tristeza em nós dois; nela porque amava o gato e em mim porque era apaixonado por ela. Foram dias de silêncio. Dormíamos abraçados em conchinha, isto é, tentávamos dormir, a noite toda nos virando conforme o corpo doía de ficar na mesma posição.

Saguão de um aeroporto sem ninguém, desértico, asséptico. Em preto e branco. Pé-direito muito alto, no teto há luminárias circulares embutidas, várias, todas acesas. Os círculos de luz refletem no piso frio de pedras quadradas gigantescas e obsessivamente brilhantes. Quase ao fundo e centralizado, pendendo entre as luminárias, um admirável relógio quadrado e analógico marca 2h50 — em virtude do ambiente e das luzes, não há como saber se da madrugada ou da tarde. Nas laterais, alguns metros aquém do relógio, também pendentes, dois painéis de voos cumprindo sua função de informar companhias aéreas, origens, destinos, horários, alterações, imprevistos, infortúnios e agora vemos uma silhueta humana à nossa direita, não há como saber se de homem ou de mulher, mas nitidamente de costas e com a atenção voltada não para algum painel de voo e sim para o imenso relógio, quadrado, mostrador de fundo branco e traços pretos no lugar dos números e ponteiros pretos ainda marcando 2h50, imóvel como a figura humana, o que explica a indiferença desta pelos painéis que não fazem nada além de dizer se tudo está como previsto ou se algo deu errado.

Em meio ao breu do quarto, Marvin sobressalta-se na cama e emite um "quê?" engrolado. Olha para o relógio no criado-mudo, com os ponteiros fosforescentes: 2h55.

— Que foi? — pergunta, repousando a mão direita no ombro de Analice e, com a esquerda, acende o abajur.

Analice está deitada de costas para ele.

Marvin se inclina sobre ela.

— Pesadelo?

Ele presta atenção esperando-a responder. Acaricia-lhe os cabelos.

Analice, olhos fechados, recebe imóvel o carinho.

— Eu estou aqui — Marvin prossegue. — Vai ficar tudo bem. Foi um sonho.

Analice, ainda de olhos fechados, parece apertar mais as pálpebras.

Marvin boceja, para de acariciar os cabelos da companheira e se deita de novo. Acomoda-se na cama abraçando-a em conchinha. A luz do abajur continua acesa. Ele canta sussurrando, com a boca a roçar nos cabelos de Analice:

Wake from your sleep
The drying of your tears
Today we escape
We escape

Ele dá uma cochilada, funga, afasta o nariz dos cabelos dela, continua:

Breathe
Keep breathing
Don't lose your nerve

E adormece de vez.

Quando a primeira ex abriu a caixa do teste, eu perguntei:

— Não vem um potinho junto?

— Não sei... Vê a bula, vamos fazer logo — ela falou nervosa e me entregou a bula, não estava conseguindo desdobrar o papel.

Eu já tinha lavado o rosto, mas ainda assim, logo que

acordo parece que os olhos demoram a "clarear", não conseguia ver direito as letrinhas — nem eram tão pequenas como bula de remédio. Ou só estava nervoso também.

E ela me deixava mais nervoso:

— Anda, que estou me mijando.

Ora, eu conhecia aquela bexiga. Era capaz de viajar um dia inteiro sem paradas e ainda ria de mim que, além de ter que ir ao banheiro de duas em duas horas, precisava de um banheiro de fato, morria de vergonha de fazer no acostamento.

A pressa ali era por outra razão.

O pior é que embarquei de graça nessa de não ter filho, nunca refleti seriamente. Uma neura adquirida por osmose. Ela priorizava a carreira acadêmica e tinha um amor descomunal pela individualidade, privacidade, sei lá. Só peguei carona.

Li em voz alta as palavras-chave da bula, ou melhor, do manual de instruções; antes do "modo de usar" podia ter alguma informação decisiva para o sucesso do exame:

— Armazenar a embalagem fechada à temperatura ambiente e fora da luz solar... Não ler os resultados após dez minutos... O teste deve ser descartado em um recipiente... Não, isso é pra depois.

— Sim, apura — ela me interrompeu.

Anos antes, ela me deu num aniversário a caixa d'*O Poderoso Chefão*, os três filmes. Pra comemorar fizemos a maratona: o primeiro na sexta de noite, o segundo no sábado e o terceiro no domingo. Quando acabamos, era tardinha, já escurecendo, estávamos deitados na cama, quietos, revi na minha cabeça muitas imagens do Marlon Brando com os filhos e do Al Pacino com os filhos e pela primeira vez a ideia me veio concreta, palpável. Olhei pra ela, e ela, que já me conhecia bem, me cortou, como na praia, sem rodeios:

— Nem pensar.

Mas eu podia estar pensando em qualquer coisa, entende?

Agora a menstruação tinha atrasado mais de semana. Nos primeiros dias, ela não me disse nada. Percebi que andava estranha, *crescentemente* estranha, mas eu mesmo andava preocupado com uns problemas do trabalho, sem tempo pra lhe dar atenção. É isto, reparava que algo não ia bem, porque não sou insensível, só não tinha tempo pra conversa. Quando ela enfim me contou o que acontecia, sugeri na hora o teste de farmácia. Achei melhor não falar tudo o que pensei: "Por que não fez antes, por que não matou logo a dúvida?"; o clima já era de estresse suficiente.

No banheiro, olhei pra ela já com a tira do teste na mão e uma cara de perdida, ela, a professora pesquisadora sempre tão racional, e falei:

— Tá, mas e o potinho? Se não veio potinho, vê outra coisa.

— O quê? — ela perguntou.

— Sei lá, um copo, uma xícara...

— Que nojo! — ela começou a rir e ao mesmo tempo começou a meio que chorar.

— Depois a gente bota fora — eu disse, já saindo pra pegar um copo na cozinha.

Cinco minutos mais tarde, a tira mergulhada em mijo só mostrava uma linha: negativo, sem bebê. A primeira ex, sentada sobre a tampa do vaso, muda, olhava os próprios pés. E eu, ainda na frente da pia, aliviado, pensava: "Vou lavar bem esse copo de uísque, não vou botar fora".

Fim de cena? Não.

Ela se virou para mim:

— Isso não é cem por cento confiável.

Na cozinha, as três luminárias pendentes acesas, Marvin prepara o jantar sobre a bancada. A tábua de corte, escura, contrasta com a madeira do tampo, mais clara. A faca Zwilling reparte o alho em dois, longitudinalmente, como se fosse manteiga derretida. Marvin o descasca, deita a primeira metade na tábua, faz dois cortes paralelos também no comprido, gira o alho e, com a unha de guia para não ferir o dedo, faz os cortes pequenos, agora na transversal, resultando pequenos cubos à perfeição.

Ele assovia um arremedo de "When the Saints Go Marching in" e tem uma taça de vinho ao lado da tábua. Sorri quando nota que desafina. De vez em quando erra o tempo, mas não se dá conta.

De repente, para de assoviar e de cortar o alho e ergue a cabeça para ouvir. Enquanto ouve, toma um gole de vinho.

— Ah, sim, fiz a barba ouvindo o noticiário, depois saí com pressa, me desculpe.

Acabado o primeiro dente de alho, ele amontoa os

cubos minúsculos num canto da tábua, raspa-se com a faca desgrudando os pedaços que ficaram em suas digitais, cheira instintivamente as pontas dos dedos unidos e pega o segundo dente para reiniciar a arte *brunoise*.

Analice, acomodada na cadeira de rodas, no limite da claridade das luminárias, olha na direção de Marvin. Usa um moletom cinza dele — deduzimos pelo tamanho da gola V — e os cabelos soltos lhe escorrem pelos lados dos seios.

Marvin bebe mais um gole de vinho.

— Mas você passou o dia todo aqui na sala, a tv lá do quarto incomodou tanto?

Vemos Analice de costas, a cabeça um pouco inclinada para cima, para Marvin. E ele, ao fundo, levemente sem foco, parando de cortar o alho, largando a faca na tábua e apoiando as mãos na bancada.

— Sozinha?

Marvin recomeça a cortar o alho, agora com menos arte, desajeitado, apressado.

— Vou te dizer... Me sinto sozinho muitas vezes... Mesmo com você aqui... Às vezes...

Ele se perde na guia da unha e corta o dedo. Sangra. Expressão de dor.

— Às vezes observo os colegas lá no trabalho...

Leva o dedo à boca e chupa o sangue.

— Eles também... Acho que hoje em dia todo mundo se sente sozinho.

Vira-se para a pia, abre a torneira e deixa o dedo cortado sob o jato d'água. Fecha os olhos e baixa a cabeça, o queixo encostando no peito.

Analice — a cadeira um pouco mais para trás, quase fora da claridade — está de olhos fechados.

Por muitos segundos, ninguém fala nem se mexe. A cena parece uma fotografia: os dois na cozinha; ele em pé em frente à pia, e ela na borda, no limite entre a luz e a sombra; sabemos que ambos têm os olhos fechados. Ouvimos apenas a água jorrando da torneira e a respiração de Marvin; o som resultante dessa mistura é um terceiro, reverbera, é desconfortável.

Analice interrompe o silêncio.

Marvin fecha a torneira, mas não se vira. Fala de costas para ela:

— Eu uso muito alho na comida?

Ele seca as mãos num pano de prato amarelo-ouro. Pendura o pano em seu devido gancho na parede e cheira as pontas dos dedos da mão esquerda. Não consegue se virar para Analice. Fala ainda de costas para ela, ainda cheirando os dedos:

— Você podia ter dito isso antes.

No último verão do meu primeiro casamento, fomos para uma praia de pescadores. Ideia minha, naturalmente. E dessa vez ela foi sem reclamar.

Trinta quilômetros numa estrada de terra saindo da BR sem placa nenhuma, nossa referência era um posto de gasolina com uma enorme coruja de concreto pintada de todas as cores — nos recomendaram encher o tanque ali porque seria o último posto e telefonar para amigos e familiares porque logo adiante acabaria o sinal. Na praia não havia hotel nem pousada. Alugamos a casa que um conhecido de um conhecido de um colega meu herdou de uma antepassada solteira que morava lá — não sei contar direito, foi algo assim.

As instruções eram: pegar as chaves no Delícias da Nina e, se durante a estadia houvesse qualquer problema, falar com a Nina. Além de cuidar da casa de aluguel desse conhecido do conhecido do meu colega, ela possuía o único restaurante do lugar. Na verdade, o restaurante era na casa dela: poucas mesas, umas vermelhas, umas brancas, de plástico, no pátio da frente, na entrada da garagem e na própria garagem. Sabe aqueles porta-guardanapos com logos de cervejas e refrigerantes?...

A primeira ex não reclamou do veraneio não por milagre, mas porque ainda estava abalada com a falsa gestação. Nós dois estávamos. Dali em diante o casamento ficou abalado; nenhum de nós dois entendia bem o motivo e por isso nenhum de nós trazia o assunto à tona. Aquele teste de farmácia negativo em vez de encerrar a questão foi o começo de uma tormenta que durou semanas. Ela teve enjoos, as mamas cresceram... E não vou mentir: deram leite. Sim, eu vi. Leite.

Uma noite, ela acordou e saiu da cama quase correndo, me assustei e fui atrás, não entendi se estava acordada ou sonâmbula, foi direto pra geladeira, abriu, ficou olhando vidrada, até que se virou como se soubesse que eu estava ali o tempo todo e perguntou:

— Não tem mamão?

— Mas ninguém gosta de mamão aqui em casa — respondi.

Então voltamos pra cama e na manhã seguinte ela passou num minimercado a caminho do campus e comprou cinco mamões. E comeu todos lá na universidade mesmo. E vomitou.

Vomitou também na estrada de terra, quase chegando na praia de pescadores. Muita curva. Deu tempo de parar o carro. Esperei ouvir reclamações enquanto ela fazia o serviço na beira do barranco: porque inventei aquela história de praia deserta, porque não fui devagar nas curvas, porque não era um bom motorista, não era um bom marido, um bom ser humano... Rezei para que não passasse outro carro e nos cobrisse de pó. Graças a Deus não teve carro passando nem queixas; ela só pediu água, e eu já estava com a garrafinha na mão e também o rolo de papel higiênico do porta-luvas.

Por que escolhi aquela praia?

Eu precisava descansar.

O veraneio anterior foi difícil. A nossa praia de costume, a nossa rotina de sol, banhos, livros, caminhadas, vinho branco, alfinetadas. Mas gente, muita gente. Muito mais. Não sei se a economia do país melhorou tanto e as pessoas saíram a viajar, ou se o calor piorou tanto que elas se tocaram para o litoral, sei que era gente à beça, e esbarrávamos uns nos outros, assim, nem sempre de encostar corpo no corpo, mas os olhares... A primeira ex, cada dia mais bonita. Acho que ela não percebia, debaixo do guarda-sol, lendo Hilda Hilst... Hilda Hilst também foi linda, os homens não deviam tirar os olhos.

Eu entrava cada vez menos na água. Ficava com ela, sentado. Me sentava na areia, ao lado da cadeira. Conversávamos pouco, eu não puxava assunto, não queria atrapalhar a leitura. Os outros passavam na areia, entravam e saíam da água, alguns me observavam. Eles dissimulavam quando viam que eu percebia. A areia seca me arranhando a pele, os poros, o sol ardendo. Era um jogo bem cansativo.

Numa tarde em que me sentia menos confortável com o silêncio, fui comprar milho verde. Vi um carrinho a uns cinquenta metros de nós, corri, assoviei pra ele esperar. O vendedor, um tipo loiro bronzeado, provavelmente dez anos mais novo do que aparentava, perguntou enquanto salgava a espiga:

— Não vai levar um pra moça também?

Não tive tempo de inventar uma frase melhor e falei a verdade:

— A moça não gosta de sujar os dedos.

Ele riu e tinha no máximo três ou quatro dentes na boca. Pensei: "Casa de ferreiro, espeto de pau". Pelo menos alguma coisa ainda me divertia.

Voltando ao nosso "posto", me confrontei com a cena: minha esposa no meu lugar, sentada na areia, e, na cadeira, aquela criatura minguada de cabeça grande, óculos de sol, apoiando as mãos numa bengala desmontável de alumínio.

Conversavam aos risos. Tinham mais dentes que toda a família do vendedor de milho verde somada.

O garoto, como a primeira ex dizia, era deficiente visual. Ela sempre o chamava pelo nome, Benício, um garoto bom, da graduação, mas pra mim — e só pra mim, no meu íntimo, porque eu não ousaria me referir a ele desse jeito em voz alta na frente dela — era "o ceguinho", o aluno predileto.

Esse garoto... Depois falo nele.

Temos os pescadores, então, água limpa, uma praia quase só nossa o dia inteiro. Eles saíam pra pescar às seis da manhã e voltavam às seis da tarde. Eu gostava de assistir à chegada e me prometia acordar cedo pra ver a saída. Não era bem como eu imaginava, a realidade nunca é tão bucólica, a imaginação sempre ganha: nos filmes os pescadores não usam bonés verdes de cooperativas de crédito nem camisetas de time de futebol com o logo do patrocinador maior que o escudo. Nos filmes, aliás, como na minha imaginação, a chegada dos pescadores se passava em preto e branco.

Eles não se afetavam com nossa presença. Embora fôssemos poucos — veranistas, turistas, chame como quiser —, não éramos uma raridade: todo ano havia alguns, eventualmente até gringos. Eles agiam como se estivessem numa vitrine, num museu vivo. Dava pra ficar olhando um velho reparar a rede e ele só te cumprimentava, sem interromper os movimentos: agulha de tarrafa na mão direita, a mão esquerda com dedos em gancho puxando a malha, que sincronia. O mais desinibido que encontramos foi o dono do miniestaleiro; ele nos via passando e já puxava conversa.

Era gorduchinho, de bigode grisalho, cem por cento

careca, usava sempre um jeans velho arremangado até o joelho, sempre sem camisa. Como todos os outros, difícil avaliar a idade. Largava o que estivesse fazendo e vinha até a porta do galpão nos cumprimentar. O "estaleiro" ficava na beira da praia, e ele parecia não curtir a solidão entre a ida e a volta dos pescadores, acho que a vista para o mar piorava tudo: o horizonte aberto, plano, infinito... No primeiro dia comentou o tempo, sem interromper nossa caminhada — sim, caminhávamos juntos. No segundo perguntou se estávamos gostando de lá; tudo bem. Mas a cada encontro o papo ia espichando, fazíamos uma pausa por ali, e no fim da primeira semana ele sabia nossos nomes, que ela era professora, onde morávamos, e ofereceu cachaça.

Nos olhamos. Conferi o relógio: nove da manhã. Nos olhamos de novo, a primeira ex deu de ombros. Estávamos em férias, por que não?

Aceitamos.

Era um dos momentos *up* da primeira ex. Ela, a pessoa mais estável que conheci, andava numa temporada "montanha-russa" de dar pena, irreconhecível.

O dono do miniestaleiro foi até os fundos do galpão, ouvimos um abrir e fechar de geladeira, e ele trouxe de lá uma garrafa PET e três copos de massa de tomate. Acompanhei-o enquanto se aproximava de nós com a garrafa do polímero sintético nefasto na mão esquerda e os três copos sustentados em triângulo pelos dedos da mão direita enfiados neles — sem que tivéssemos ouvido uma torneira abrindo e fechando ou qualquer som que indicasse higiene —, e pensei: "Ela não vai tomar".

Mas como eu disse, ela estava num dia *up*. Enquanto o homem servia a cachaça pálida, ela me olhou com um sorriso cúmplice e compreendi que era chegada a hora da aventura, do "ninguém vive pra sempre, baby".

Brindamos sem bater os copos e emborcamos. Tinha gosto de álcool puro com um leve toque de plástico. Nunca fui de beber cachaça, mas aquela sem dúvida era das piores.

— Que tal? — ele perguntou.

A primeira ex tossia, afogada. Antes que ela fizesse qualquer comentário, me adiantei:

— Uma beleza. O senhor mesmo faz?

Ele emborcou o resto da cachaça, secou o bigode e respondeu:

— Meu cunhado. — Ergueu a garrafa PET em nossa direção: — Mais?

Ao mesmo tempo, mostramos os copos ainda pela metade e agradecemos.

Ele foi se servindo e falando, sem nos encarar e sem a menor cerimônia:

— E a criança, não têm? Vieram fazer uma aqui no paraíso?

A outra manhã, a primeira ex passou na cama, levantou só para o almoço, mudo, sem gosto. E quando retomamos as caminhadas, obviamente íamos no sentido contrário ao do miniestaleiro.

A tv exibe uma *wok* preta com o fundo repleto de camarões médios em óleo borbulhante.

Sobre a guarda do sofá, a mão esquerda de Marvin segura o controle remoto.

Na guarda oposta, a mão direita de Analice repousa. No dedo anelar, uma aliança que antes não havia. É de ouro branco e possui três pequenas pedras.

Os olhos de Marvin, concentrados na tela da tv.

Os de Analice, também.

— Numa das noites animadas fomos jantar no Delícias da Nina.

O cozinheiro ou a cozinheira deita uma colher de sopa de páprica nos camarões. A mão entrou e saiu muito rapidamente do quadro, não deu para ver se era de homem ou de mulher.

— Ela mesma atendia os fregueses, fazia tudo sozinha. Isso foi depois do incidente com o cara do miniestaleiro.

O indicador de Marvin acaricia o controle remoto, mas não tecla nada.

O cozinheiro — são dedos de homem — espreme sobre a *wok* um limão-siciliano cortado ao meio, a parte aberta para cima, que assim não caem sementes nos camarões.

— Me lembro do menu: casquinha de siri, bolinho de siri, pirão de peixe, pastel de camarão, suco de acerola, cachaça... Meia folha de papel A4 plastificada.

Os olhos de Marvin, úmidos, fecham-se. Ouvimos um suspiro.

— A montanha-russa emocional da primeira ex me sugava as forças. Eu só queria voltar pra casa, voltar para o meu trabalho, passar umas horas do dia esquecendo. Se convidasse, ela aceitaria. Mas se convidasse eu teria que dar explicações, trazer pra cima da mesa o que estava debaixo dela se enroscando em nossos pés.

Marvin, de olhos fechados, faz uma longa pausa. Como se estivesse dormindo.

O rosto de Analice, agora voltado para ele. Ouvimos o som crespo da fritura na TV.

— A Nina em menos de dois minutos nos contou que era divorciada, a primeira divorciada na comunidade dos pescadores. O marido passava o defeso inteiro bebendo, dia e noite. Nunca bateu nela, nem faltou com o respeito, nada assim. Mas a Nina jamais suportou gente inútil.

O dedo de Marvin escorrega até o botão vermelho e aperta. Cessa a fritura de camarões. Silêncio na sala.

Marvin continua de olhos fechados.

— Pedimos cervejas longneck e tomamos no bico. Lembramos a tartaruga morta na areia, que vimos naquela manhã; pouco mais de um metro de comprimento, um metro e meio talvez; tinha moscas voando ao redor e no casco, mas já não fedia. Os bolinhos de siri da Nina demoraram, pedimos mais cerveja. Ela se desculpou pela demora, cuidava de tudo sozinha, o bêbado infeliz maldito não serviu nem pra lhe fazer uma filha — me chamou a atenção ela não dizer *um filho*, acho que tinha medo de pôr outro bêbado no mundo. Sorrimos. A Nina era extrovertida como o dono do estaleiro, mas não curiosa, não perguntou nada de nossas vidas. Trouxe as cervejas, recolheu as garrafas vazias, voltou pra cozinha e nos deixou a sós, frente a frente, sem termos aonde ir, com álcool no sangue... A tartaruga morta foi só o aperitivo. Antes de chegarem os bolinhos, a primeira ex ressuscitou o tema do ultrassom: a última prova de que ela não estava louca, de que não se podia confiar em testes de farmácia nem em exames de sangue, ela vivia dentro de um laboratório, sabia que tudo era possível, era possível o erro, era possível o engano, uma troca, o ultrassom que lhe mostrou um útero vazio de outra coisa que não fosse a menstruação represada, a menstruação que desceu naquela mesma tarde quando ela voltou pra casa, quando voltou sozinha e ficou sentada aqui neste mesmo sofá por horas, até anoitecer, até eu chegar e acender a luz e ver o sangue lhe manchando a roupa e o sofá, e não ter por que perguntar como foi o maldito ultrassom. Sim, eu não fui junto.

Se Marvin abrisse os olhos agora, não entenderia, porque é impossível entender o olhar de Analice neste momento, se de reprovação ou o quê.

Três anos mais tarde, eu tomava uma limonada suíça no Café Odara, evitando olhar para o papel de parede cheio de gatos, e vi passar na calçada um carrinho de bebê. Claro, alguém empurrava o carrinho, mãe, pai, avó, babá, um orangotango, mas não vi nada além dos pezinhos gordos do bebê no ar, balançando, um ainda de meia e o outro descalço. Pensei em como teria sido nossa vida se os resultados do teste de farmácia, do exame de sangue ou do ultrassom tivessem sido positivos. Se estaríamos juntos, superando todos os outros problemas, se estaríamos separados e eu levaria a criança pra minha casa a cada quinze dias para um fim de semana com regras frouxas, doces no café da manhã e presentes. Que tipo de pai eu seria?

Sempre que possível, de tardinha, eu parava no café da segunda ex depois de sair do trabalho. Na verdade, quase todos os dias — no início. Frequentemente esperava até fechar o café e voltávamos juntos, cada um em seu carro, o meu atrás.

Quando o carrinho de bebê desapareceu no *frame* da porta, meu olhar pousou num gibi do Tio Patinhas. Na capa, ele fantasiado de Papai Noel em frente a uma lareira, um saco de presentes aberto, uma cara gentil e generosa — não era minha recordação do Tio Patinhas. E o gibi, quem segurava? O mesmo velho de abrigo esportivo que observei no café no primeiro encontro com a segunda ex. Nunca mais ele apareceu, não nos meus horários. De novo um abrigo esportivo e de novo lendo gibi, mas da outra vez ele tomava suco de canudinho; agora, chocolate quente. Um vovô simpático, um vovô esportista, zeloso com a saúde. Então ele tirou os olhos do gibi e me olhou. Daí o mal-estar, o desconforto, o arrependimento de não ter me concentrado no meu copo de limonada suíça:

O velho me grudava um olhar de desejo.

Demorei a entender. E essa demora, você acha que ele interpretou corretamente ou como um olhar recíproco de desejo? Constrangido, baixei a cabeça pra limonada e chupei o canudinho até roncar. Aquilo soou infantil; ergui a cabeça e olhei ao redor procurando a segunda ex. Ela, de avental amarelo e touca, vaporizava leite na máquina de café. Sorria ouvindo alguma história decerto engraçadíssima que o garçom menor de idade lhe contava sentado às suas costas com os cotovelos apoiados no balcão. Eu não ouvia e, se ouvisse, provavelmente não acharia graça. Levantei a mão bem alto, mas o menino, focado no besteirol que jogava em cima da chefe, não me viu. Ela viu. Sem interromper nem a vaporização nem o sorriso, piscou pra mim. No começo fiquei perdido pensando que ela não me compreendia; eu queria o garçom, queria outra limonada suíça, queria fugir do velho. Mas de repente caiu a ficha: ela estava dispensando o garçom e meu eventual pedido e me fazendo esquecer do velho, me fazendo voltar no tempo, quando éramos apenas nós dois, ou melhor, menos que nós dois, quando éramos duas vozes no telefone, e o resto, fantasia. Essa palavra que o Doc faz parecer maldita, pelo menos maldita pra mim. Dane-se. Quem vive sem? Ele? Vai dizer que nasceu, cresceu e só existe dentro daquele consultório... Me perdi outra vez, entre as lembranças boas do namoro e as ruins da análise, cada uma pairando sobre um ombro, e quando despertei, a segunda ex não estava mais na máquina de café. Já passava entre as mesas pra entregar o cappuccino. Já passava pela minha e logo pela do velho. E o velho, sem disfarçar, sem expressão alguma de vergonha ou culpa, agora grudava aquele mesmo olhar de desejo no traseiro da minha esposa.

Não esperei fechar o café naquele dia. Paguei minha conta para o garçom menor de idade e saí antes que a segunda ex deixasse a mesa onde pediram o cappuccino — ela batia um papo animado com os clientes. Saí à direita e andei duas quadras até lembrar que tinha deixado o carro num estacionamento à esquerda. Voltei. Atravessei a rua com vergonha de passar em frente ao café, de ser visto, medo de me pedirem explicações em casa, raiva de ter me distraído... Que mais? Na calçada do outro lado esbarrei em alguém andando no sentido contrário, virei pra pedir desculpas mas não cheguei a falar: o homem seguia caminhando, batendo sua bengala desmontável no chão, certamente cansado de parar e pedir desculpas toda vez que esbarrava em alguém. Um senhor de sessenta e poucos, setenta anos no máximo. Canhoto. De costas, me impressionou a sincronia: pé direito à frente, bengala pra esquerda; pé esquerdo à frente, bengala pra direita... Me flagrei imaginando se o ceguinho da primeira ex, o menino Benício, teria essa mesma habilidade, e lembrei de ela ter contado que ele não nasceu com a deficiência, foi de um acidente... Me flagrei sentindo prazer em pensar que ele talvez não fosse tão ágil quanto aquele senhor que praticamente atropelei e sentindo prazer em pensar que o aluno predileto da primeira ex tinha uma deficiência e não uma necessidade especial, tive prazer com a palavra, em ter pensado nela e não no termo mais... educado?

Outro menino surgiu diante de mim:

— Ei, Marvin, olha o que você esqueceu lá dentro.

Era o garçom menor de idade balançando a chave do

meu carro pelo chaveiro. Muita gentileza dele, atravessou a rua. Ou desocupação. Mas o café tinha clientes, e ele ali... Como dizer pra segunda ex que eu achava o menor de idade um vagabundo sem parecer uma crise de ciúme? De fato não era ciúme, eu achava mesmo.

— Fiquei te esperando passar — ele continuou.

"Claro, você não tem o que fazer", eu pensei.

Peguei a chave, agradeci com um sorriso forçado e, sem me despedir, atravessei a rua sozinho rumo ao estacionamento correto.

Analice, deitada no sofá, usa calça cigarrete vermelha, camisa branca arremangada até os cotovelos e um lenço de cetim verde-menta no pescoço a compor um dégradé com seus olhos abertos. Batom mais vivo que o habitual e brincos novos, de quartzo negro.

A sala, parece que dona Judith veio recém ontem: brilhando, cheirosa, impecável.

E o silêncio. Na casa toda — na cozinha, no quarto, no escritório —, o silêncio.

Analice usando vestido transpassado preto de estampa floral e sandálias salto bloco, sentada no sofá. Um colar gravatinha com três pontos de luz abaixo da bifurcação e outro pouco maior na extremidade da corrente. Segura uma revista de jardinagem sobre as coxas, mas não presta atenção nela.

O tique-taque do relógio de parede da cozinha é tudo o que se ouve. A pilha deve estar fraca, ele parece mais lento.
No olhar de Analice, expectativa.

Analice próxima à janela da sala, na cadeira de rodas, pernas cruzadas e descalça, veste um *slip dress* de comprimento médio, ocre.
No rosto, a expressão mansa de quem não deve, de quem não sabe o que é culpa.
A aliança de ouro branco, agora no dedo anelar da mão esquerda.
A casa limpíssima e arrumada num esmero de esperar visita.
Toca o interfone. Considerando a hora e os latidos do cachorro do vizinho, deve ser o carteiro.

Em meio ao vapor no boxe do banheiro, sob ducha forte, Marvin apoia as mãos na parede e mantém a cabeça para trás, os olhos espremidos, o jato d'água batendo-lhe no rosto.
Ele inclina a cabeça para a frente; agora a água lhe cai pela nuca.
— Hoje na consulta falei em ti.
À porta do banheiro, Analice na cadeira de rodas, olhando para o boxe.
— Falei pra ele das tuas queixas.

No ponto de vista de Analice, Marvin é uma mancha pálida fazendo movimentos em meio ao vapor do boxe.
— Puxa, foi quase a sessão toda nisso. Banho demorado. Ele fala com ela, ele fala sozinho, muda os assuntos, volta, mistura. Analice, fosse levemente dispersa, já estaria perdida.
— O Doc é uma cobra... Quando comecei, ele me interrompeu e perguntou a tua idade. Eu disse o que veio na cabeça. E continuei... Mas Analice é focada, nem pisca. E tem a paciência de ouvi-lo o quanto ele precisar.
— Acho que reclamar da solidão é uma espécie de narcisismo, eu disse pra ele. Não entenda como crítica... "Narcisismo é legal, mas dentro da medida. Sabe o lance de demonstrar o amor pelo outro? Pois então, com a gente também, de vez em quando é bom... Ele não fez nenhum comentário, e se fica mudo é porque espera mais. Às vezes chego no fim da linha, no ponto final, esgotado, e o silêncio dele me cutuca: isso aí é pouco, segue."

Marvin não segue. Para de falar e enche a mão de xampu, um exagero, desnecessário. Depois de branquear a cabeça, lava o rosto com o xampu, lava as orelhas, cospe a espuma que entrou na boca.

Analice espera.

Marvin enxágua o rosto e o cabelo.

— Aí ele deu o bote...

"Quando eu ia recomeçar, me interrompeu: 'Que idade ela tem?'. Eu disse de novo. Ficamos nos olhando. Eu não tinha visto a maldade. Ele explicou: 'Agora há pouco ela era cinco anos mais velha'. Ora, Doc, você tá querendo dizer..."

De súbito, Marvin abre a porta do boxe:

— Não. Do porta-malas, não contei.

A boca de Analice, de lábio superior fino e inferior grosso, hoje sem batom, é de uma perfeição comovente.

Marvin fecha a porta do boxe. Volta a ser a mancha pálida em meio ao vapor, mas agora imóvel. Ele fica um instante calado. Ouvimos apenas o jato forte da ducha batendo em seu corpo.

— Nós já discutimos sobre isso, como é importante — Marvin fala cabisbaixo, "para dentro".

Os olhos úmidos de Analice.

Mais silêncio.

— Não te contei o que aconteceu na sexta passada. Não ia contar. Mas vou contar, agora.

Sexta-feira é o dia da faxina. Quando vem dona Judith. O dia do porta-malas.

Analice, fosse impetuosa, diria:

"O que aconteceu sexta-feira passada foi a escuridão de sempre, o breu, as pernas encolhidas, o aperto, o cheiro de carpete dando náuseas, o som dos carros chegando e partindo e os passos reverberando no piso frio do que, eu acho, deva ser a garagem subterrânea do prédio onde você trabalha. Não sei, nunca vi seu escritório, nem sequer a garagem. Nunca vi nada além destas paredes desde a minha chegada; só vejo o que você quer, só vou aonde você quer. Ingratidão? 'Não entenda como crítica', é só um desabafo. Eu lhe devo muito; lhe devo tudo, aliás. Até outro nome você me deu... Lembro o olhar estranho daquele cara ruivo estranho, pouco antes de eu vir para cá; ele observava meus pés e eu não tinha como escondê-los. Você me olha diferente, desde o primeiro dia, eu percebo. Não dá vontade de me esconder nem de fugir. Nunca duvidei dos seus sentimentos e não sei até onde você consegue ver os meus. Reconheço o esforço, mas seria bom você compreender que ele é de parte a parte. Convivência exige esforço; o amor, também. E assim como você, acredito no amor. Admito, quando saí de casa, pensei que tivesse vindo para... você sabe. Mas você me provou que não é igual aos outros e que eu não sou igual às outras, não pra você. Nós dois juntos não somos o que se espera e acho que a razão disso é mesmo o amor. Por outro lado, você me esconde. Toda sexta-feira entro naquele porta-malas. Entenda, a dor física, a náusea, elas não são nada perante a mágoa. E dói porque você me ama. Se eu servisse apenas para o que as pessoas possam achar que eu sirva, me esconder não incomodaria. Todos têm vergonha das coisas feias. Mas você diz que me ama; ninguém precisa ter vergonha do amor."

No entanto, Analice é elegante, sabe ouvir calada. Apesar dos olhos úmidos.

Marvin abre o boxe outra vez.

— Dona Judith achou uma camisola tua, devia estar no quarto ou aqui no banheiro. Lavou, pôs pra secar, passou, dobrou e deixou em cima da cama. Você entende?

"Quer dizer que agora o seu terapeuta começa a desconfiar que eu não existo e a sua faxineira começa a desconfiar que eu existo. Sabe, às vezes, eu mesma oscilo entre uma e outra dessas posições. Imagine o desconforto. Mas é problema meu, certo? Assim como o terapeuta e a faxineira podem guardar suas curiosidades para eles. Acho que você devia esquecer o que os outros pensam e se preocupar em verdadeiramente fazer essa pergunta a si próprio."

Mas Analice jamais interromperia a fala de alguém; não combina com a sua educação. Se realmente existe, ela é perfeita.

Toca o despertador.

Liga-se o abajur no criado-mudo.

Marvin, deitado na cama, bate no pino do despertador, desligando-o.

São três horas da madrugada.

Marvin senta-se na cama, esfrega o rosto, olha para o lado: Analice não acordou.

Marvin em pé ao lado da cama abotoando a camisa e olhando para Analice deitada: ela dorme ainda.

De barriga para cima, tapada até o peito, Analice, com os olhos serenamente fechados e a boca semiaberta, dorme numa paz de dar inveja, parece nem respirar.

Marvin destapando-a. Ela de camisola.

Marvin trocando a roupa de Analice, na cama.

Marvin pegando-a no colo, tirando-a da cama. Ela, agora de cabelo preso num rabo de cavalo, de abrigo esportivo preto com listras brancas nas laterais das pernas e das mangas.

Marvin deixa o quarto empurrando Analice na cadeira de rodas.
Marvin e Analice entrando na garagem.
Marvin destravando o carro no botão da chave canivete.
Analice equilibra-se nos braços de Marvin enquanto ele desajeitadamente a transpõe da cadeira de rodas para o banco do carona.
Marvin, no banco do motorista, põe um boné esportivo e óculos de sol Ray Ban Aviador em Analice. Retira do console o controle remoto e manda que se abra o portão da garagem.

Vamos.
A padaria da esquina. Desde que mudei para o bairro, sempre teve padaria ali na esquina. Agora é a terceira. Criaram o ponto, insistem no ponto, o ponto nunca dá certo. O último padeiro, me disseram, saiu devendo meio ano de aluguel. E não fazia pão ruim. Casa com muro de vidro, chique. Espaço Yoga. Casa amarela. A ideia de vir morar aqui não foi minha, foi da primeira ex. Ela queria tranquilidade, silêncio. Ela não dizia em voz alta, eu que tenho este "ouvido", mas achava, como vou explicar, meio dândi. A casa era novinha, dois anos, nem isso. O cara teve um problema na família e deixou a cidade. Militar aposentado. Construiu pensando que seria a última residência da vida, vê só. Quando nós chegamos, também pensei ou também queria que a vida fosse mais estável —

e agora a casa testemunha meu terceiro casamento; eu entendia o cara. Outra casa com muro de vidro. A "clínica de repouso", que se fosse municipal e num bairro pobre se chamaria asilo. Casa britânica fake, mas acho bonita. Farmácia de rede. Mais uma casa com muro de vidro, porque é chique mas é moda. Lavanderia. Imobiliária. E vem a rua dos sobrados geminados, simpática. Dobrando, tem a casa dos rottweilers, eles são três e assustam. Academia de ginástica. A casa escondida pelas árvores. E esse chalé caindo aos pedaços com placa de "vende-se". Claro que vendem pelo preço do terreno. Por ele dá pra ver como era esta parte da cidade antigamente, a cidade mesmo nem chegava até aqui, eram chácaras. O chalé se desmanchando é a arqueologia do bairro, e fica bem na entrada.

Agora, o asfalto.

Choveu aqui, olha as poças d'água. Gosto do reflexo de neon em poça d'água. Melhor olhar pra eles do que pras lojas em si. Sugestão é tudo. A gente vê um pedaço, completa o resto com a fantasia. A fachada real não tem como competir, sempre meio descascada, uma cor de mau gosto, uma placa de empresa de vigilância poluindo. Na frente desse *coiffeur* quase atropelei uma mulher. O sinal estava aberto pra mim, eu vinha na boa, nem devagar nem correndo, então saiu aquela mulher desarvorada, a toda, ela não olhou para os lados, foi atravessando, eu freei de soco, por sorte não tinha nenhum carro atrás. Do salão vinha também, atrás dela, um funcionário berrando: "Vagabuuuunda". Baixei o vidro, queria gritar com os dois, mas já estavam a léguas do outro lado da avenida;

me senti meio ridículo: ou não me ouviriam ou não dariam bola, se gritasse eu estaria reclamando só pra mim mesmo. Fechei o vidro. Levaram cinco anos construindo o viaduto. Nesse meio-tempo foi uma penca de dinheiro fora e o número de carros nas ruas aumentou tanto que no fim parecia que nada tinha sido feito. A moral é que os problemas se adaptam, se atualizam; demorou pra resolver, a gente esquece até. Esqueci que saímos pra você conhecer a cidade, não pra ouvir minha filosofia de galinheiro. É o que o Doc fala quando faço voltas e voltas com pose de inteligente. Filosofia de galinheiro. Serve pra não falar de mim. Eu saio do trabalho de tardinha e vou até lá pra falar de mim, pago pra falar de mim, mas se desconfio que vá doer, invento um assunto. Ele não cai nessa, já te disse, o Doc é uma cobra. Você está com sono? Por que não fala nada? Ali era um restaurante tailandês muito bom, dos melhores, eu vinha seguido, conversava com o dono, trocávamos ideias. Pegou fogo. Depois da reforma abriram essa loja de luminárias, mas nunca entrei. Nem todo mundo insiste no ponto.

Sinal vermelho.

Aqui já não choveu. Olha como não tem poças, tudo seco. Vamos pra rua das butiques, daí você se anima. Se gostar, podemos sair mais vezes e... Ei, o que o mendigo está olhando? De onde ele saiu? Quer atravessar, atravessa. Eu parei no sinal vermelho às três da madrugada e é isso que levo. Cara de louco. "Vai, idiota, vai." Aposto que vai atravessar quando o sinal abrir pra mim. Mas o que ele quer?

Ele está olhando pra você.

O sinal não abre... Eu sabia que era arriscado sair de casa. No próximo retorno pego a pista de lá e a gente volta. Não olha. Finge que não vê. Eu sei o que ele quer. Semáforo de merda, por que não abre logo? Ele não tira o olho. Safado. Tarado. Cínico. Só não desço do carro e te quebro no meio... Mas também, o que a gente está fazendo aqui? Eu disse que era perigoso. Entendeu, agora? Vamos.

Três semanas foi o tempo que aguentei sem dona Judith. Vai me chamar de fraco? Chama. Hoje liguei pra ela, pedi que voltasse, falei que tinha repensado e blá-blá-blá. Bem, não foi tão blá-blá-blá. Uma menina atendeu o telefone e disse que ia chamar a avó. Eu não sabia que dona Judith era avó, nem sabia que ela era mãe. Sabia que ela faxinava bem, que era de confiança, discreta. Nada mais. Depois das tratativas perguntei sobre a menina. E não foi por gentileza, eu realmente quis saber algo da vida de dona Judith. E não foi por curiosidade: embora sem entender o porquê, eu quis me aproximar. A menina mora com ela, a mãe foi embora com um homem...

— O senhor sabe como é.

Nesse ponto, me senti batendo na faixa amarela *do not cross* e disse:

— Eu sei, dona Judith. Mas nos vemos sexta-feira. Vou esperar a senhora em casa para lhe... entregar a chave.

Quase falei "devolver" a chave.

Eu poderia ouvir mais da história da filha que entregou a filha por causa de um homem e saiu mundo afora provavelmente pra ser maltratada por esse homem que, sejamos sinceros, não exigiria uma atitude dessas de uma mulher se fosse um cara bom e, vamos adiante, não *aceitaria* uma mulher que tivesse uma atitude dessas se fosse um cara bom. Sim, eu poderia conceder alguns minutos pra dona Judith falar tudo o que pensava da filha e ouvir a própria voz e ouvindo a si mesma quem sabe perdoar a filha ou quem sabe aumentar a raiva de si mesma por ter posto no mundo e criado uma filha assim. Aprendi a ouvir as mulheres, não me custaria. A segunda ex, por exemplo, gostava mais de falar que de ouvir, pelo menos comigo. Mesmo cansada, nos fins de tarde, depois de trabalhar o dia inteiro no café, ela falava bastante. Não sei como achava tanta coisa pra me contar: o que fez, o que viu, o que ouviu dizer.

O interessante é como essas pessoas chamam mais atenção quando acabam ficando em silêncio. Um dia a segunda ex chegou quieta em casa, um daqueles em que eu passava no café depois do trabalho. Normalmente ela guardava o carro dela na garagem e me esperava sair do meu pra entrarmos juntos, no máximo abria a porta e levava a mão ao interruptor do lado de dentro acendendo a luz. Mas nesse dia ela entrou na frente, sozinha; foi direto para o banho, sem dizer nada. Outra coisa estranha: o gato Príncipe não veio recebê-la. Ele sempre vinha num molejo, andando macio, se esfregando de rabo erguido nas pernas dela e, depois que ela falasse, ele a encarava e miava reclamando que seu dia foi um tédio, que não curtia a solidão, que a areia estava suja e que ele tinha fome, embora o prato da ração estivesse quase cheio. Como sei que o gato falava isso tudo? Porque a segunda ex respondia conforme a ladainha rolava, desde a porta até a área de serviço, onde ele comia a ração ronronando enquanto a dona lhe fazia carinhos, declarações de amor e pedia desculpas pelo abandono. Eu tinha ciúmes do gato? Não sei, acho que não, acho que algo ali me irritava, só isso. Pois naquele dia o gato não veio. Não tive tempo de comentar porque a segunda ex já estava debaixo do chuveiro, de porta fechada. Fui até o quarto, tirei os sapatos, voltei de pé descalço pra cozinha, abri uma garrafa de vinho e me servi, dei uma olhada panorâmica pela sala e pensei: "Mas que porra aconteceu com o gato?". Imaginei a gente procurando pela casa, repetindo o nome dele, ela se abaixando pra ver debaixo dos móveis, eu levantando as almofadas do sofá, e no fim o Príncipe morto, atrás de uma porta, com um vômito feio escorrido pela boca. Fantasia. Fantasiar não é crime.

Ela saiu do banho com os olhos vermelhos, veio direto até mim e disse que o pai tinha Alzheimer. Foi a conclusão dos exames e testes, foi o diagnóstico do neurologista.

— Me avisaram hoje de tarde — ela disse, e voltou a chorar.

Nos abraçamos no meio da sala.

— E agora? — perguntei.

Ela saiu do abraço, andou devagar até a cozinha, pegou uma taça de cristal do aéreo, pegou a garrafa de vinho de cima da bancada, serviu bem mais do que a etiqueta recomenda e parou segurando a taça, com as duas mãos, encostada na barriga. Ficou alguns segundos sem falar, sem beber o vinho, olhando pra sala, vasculhando a sala com os olhos de um lado para outro. Pensei: "Deu falta do gato".

Ela disse:

— Liguei pra Ana Rita, minha prima solteirona que mora lá. Ela se aposentou, bibliotecária. Perguntei se topava cuidar dele. Eu pago.

Eu me preparava pra fazer algum comentário tipo: "Você não foi precipitada? Não era melhor falar com ele antes?", e ela me cortou previamente:

— Vou lá em fim de semana, passo os feriadões, fico uns dias nas férias.

Pensei em perguntar se a prima havia topado, e ela adivinhou de novo:

— A Ana Rita não tem ninguém. Mora sozinha. Vai ser bom para os dois. Ela é bibliotecária — falou tudo isso segurando a taça de vinho na barriga e os olhos inquietos na sala.

Não entendi o nexo entre o quadro do pai e a profissão da prima, que ela citava pela segunda vez. Não sabia o que mais argumentar; não era uma discussão, era um comunicado. Ela decidia se dedicar ao gato em vez de se dedicar ao pai assim como a primeira ex decidiu se dedicar aos polímeros sintéticos em vez de se dedicar a um filho, e eu tinha medo de refletir sobre meu lugar em meio a essas escolhas, mas uma coisa era clara: admitindo ou não, ambas tinham medo de lidar com gente... de lidar com o amor, no fim das contas.

Ela me encarou e franziu a testa:

— Cadê o Príncipe?

Eu não sabia como dizer: "Querida, acho que desta vez o gato *foi embora*"...

— Não vi... — comecei, e a imagem do bicho morto não me saía da cabeça. — Não vi o gato desde que chegamos.

Ela saiu pra área de serviço. Fiquei paralisado, esperava um grito a qualquer momento. Príncipe estava passando da hora, dava todos os sinais: sedentário, não comia, não tomava água, urinava pouco... Mas sem dúvida era a primeira vez que ele não vinha nos receber na chegada.

Ela voltou da área de serviço e passou por mim sem falar, foi direto para o quarto. Reparei que era uma busca silenciosa, ela não chamava o nome do Príncipe. A casa toda em silêncio, e eu esperando o grito, minha fantasia. Já que o grito não veio, me mexi, como se fosse ao encontro dele, como se fosse chegar no quarto e reclamar da demora.

A segunda ex, sentada no chão, escorada na cama, chorava, o Príncipe no colo. As lágrimas lhe escorriam pelas bochechas e pingavam no pelo do gato. Ele ronronava e levantava a patinha, tocava no queixo de nossa amada.

Eu sei que ele vem sempre no meio da tarde. Entendo que te incomode não poder abrir a porta. É melhor assim.

Quando faço compras na internet, coloco o endereço do trabalho pra receber lá. Mas tem coisas que não há como evitar que ele entregue aqui. Que ele tente. Dá pra evitar que você abra a porta, já fica bem. Ansiosa por quê? Se o interfone te incomoda, posso desligá-lo antes de sair de casa. Não sei se tem como baixar o volume, desligo mesmo. Ou não é o interfone que te deixa ansiosa? Pode falar. Seria bom trocar um boa-tarde com ele, não é? Comentar o clima. Quem sabe oferecer um copo d'água? Ele caminha tanto, se cansa, deve ter sede. O que te deixa nervosa? Os boletos são meus, as multas, a carta do plano de saúde avisando o reajuste, tudo é pra mim. O que te deixa angustiada então só pode ser ele. Confessa, você queria que ele entrasse aqui. Já espiou pela janela? Já viu como ele é? Que mais você tem pra me dizer? Qual é a tua fantasia? Posso te ajudar deixando a veneziana sempre fechada também. Faço tudo por você. Desligo o interfone, fecho a janela, tudo. Não quero te ver sofrendo. Exagero meu? Será? Foi um comentário inocente, eu sei. Claro, podemos mudar de assunto. Mas não posso fazer nada para o cachorro do vizinho não latir quando ele chega. Você vai saber que ele... Tudo bem, vamos mudar de assunto.

Eu sabia que a tara da sócia do café por garotas mais novas, bem mais novas, em algum momento ia dar em merda. Nunca falei nada porque a segunda ex, pelo que entendi, encarava numa boa. Também porque não era problema meu. Até que um dia foi.

Tocou o celular da segunda ex às três e meia da madrugada. Eu acordei, ela não. Ela roncava baixinho. Acendi meu abajur e daí ela acordou, confusa, assustada com a luz e o telefone. Normalmente eu gostava de ouvir o ronquinho, não a cutucava, não interferia. Devia ser algum problema crônico nas vias aéreas, um charme.

Ela atendeu o celular enquanto sentava na cama, sem me dizer quem era. Depois de alguns "hum-hum, hum-hum", sussurrou:

— Meu Deus.

Eu já estava sentado. Ela se virou para mim com uma expressão de terror e disse, no telefone, gaguejando:

— Vou aí te buscar.

Fui junto, naturalmente.

Duas horas depois, a sócia dormia num colchão inflável no meu escritório e nós, os anfitriões, mudos, fingíamos dormir no quarto. Eu sabia que a segunda ex também estava acordada pelo ritmo da respiração, curto. A sócia não aceitou ir a um pronto-socorro, fizemos os curativos lá no apartamento dela; eu ajudei, sem perguntas. Porque era tudo evidente — os cortes nos pulsos, o sangue nos lençóis — e porque a segunda ex decerto me contaria mais tarde, em algum momento.

Então, na outra noite, eu soube o motivo da tatuagem de aranha no dorso da mão, a cicatriz de queimadura; soube que houve um casamento, que o marido era gago, embora isso não fosse problema e sim a questão de ele ser um banana; que ela, a sócia, não se aceitava lésbica e arranjou esse marido no intuito de se reencontrar com a "natureza", o que transformou a vida do coitado num inferno incompreensível pra ele; que ele, o marido, durante meses massacrado constantemente por uma avalanche de críticas, de ironias, de queixas e agressões verbais, e já sendo um tanto atrapalhado, sem querer derramou a água fervente dos ovos cozidos na mão da esposa e se acocorou no chão cobrindo o rosto e chorando enquanto ela berrava de dor com a mão debaixo da torneira da pia e cobrava dele uma atitude, qualquer uma, exceto chorar acocorado no chão, que a levasse ao hospital ou que a matasse, que a fodesse na cozinha ainda com a mão ardendo pela queimadura, qualquer coisa, menos ser ele mesmo. E não foi a segunda ex quem me contou tudo isso, foi a própria sócia, bêbada, estirada no meu sofá, tomando o meu vinho enquanto eu, sentado na poltrona, ouvia a seco — sim, naquela época tinha aqui uma poltrona. Ela terminou a história e ouvi a porta da casa se abrir, a segunda ex chegava do café; olhei de volta para a sócia e deu tempo de correr e retirar a taça das mãos dela antes que caísse, tinha dormido.

Ela ficou aqui por uma semana. Não, foram seis dias. Eu contei. Bebeu quase toda a minha adega e só não matou os *single malts* porque os escondi. Comigo, só conversava bêbada; acho que, sóbria, batia o constrangimento. Mas sobre cortar os pulsos não falou nem bêbada. No terceiro dia comecei a trabalhar até mais tarde; deixava a segunda ex chegar em casa antes de mim e ouvir as primeiras confidências etílicas da noite. Comecei também a deitar mais cedo; ia para o quarto e ficava lendo na cama, esperando a segunda ex me chamar pra carregarmos a hóspede até o colchão inflável.

Numa dessas, a tatuagem da aranha parecia mais fraca. Eu juro, vi a cicatriz da queimadura. Voltei pra cama pensando em como aquilo não fazia sentido. Ou a cicatriz era visível ou não era. Ou eu não prestara atenção suficiente antes. Não sei. Refletindo agora, talvez o fato de conhecer um pouco mais da história, dos porquês. A gente tende a se assustar menos quando sabe de onde as coisas vêm e tem ideia do rumo que elas podem tomar, não acha? Quando a gente vê um sentido...

Só depois que a sócia voltou pra casa, a segunda ex veio falar comigo sobre a tentativa de suicídio. No jantar do dia seguinte. Eu não tinha mais curiosidade. Nem paciência. Recuperei meu escritório, minha rotina, minha vida privada. Se pudesse, esqueceria aquela semana, aqueles seis dias. Ouvi por educação. Atento, mas sem interesse algum. Nem sequer parei de comer.

Todos sabiam que ela tratava as meninas, como dizer... As meninas eram descartáveis. Mas não antes de ela ter certeza de que estavam apaixonadas. Bem, talvez eu esteja usando mal as palavras, não quero ser injusto. Com a sócia? Não, com a situação. Dela, não me importo em falar com julgamentos, sou de carne e osso... Veja, as meninas eram descartáveis porque ela as usava por um tempo e despachava, partia pra outra, mas o papel que elas representavam, esse era essencial. Por quê? Não sei. Cada um com as suas necessidades.

Quando a segunda ex falou que o caso agora era diferente, que tudo havia se complicado, pensei: "Ela se apaixonou e a menina lhe deu o fora, ela não estava preparada pra isso, a caçadora virou caça, bebeu do próprio veneno, o mundo de cabeça pra baixo, do avesso, ela não suportou e cortou os pulsos, covarde". Fui tão longe, tão adiante nas minhas "conclusões", que a segunda ex parou de falar e me perguntou se eu tinha ouvido.

Não tinha.

— Desculpa. Como foi mesmo?

Ela arregalava os olhos e tamborilava na bancada. Não parecia irritação comigo, parecia ter a ver com a sócia. Finalmente ela não levava numa boa a vida louca da sócia? Continuei:

— O dia não foi dos melhores no trabalho, muita chateação, muito...

Ela me interrompeu:

— Os pais da menina estão chantageando.

Meu cérebro se contorceu; uma vertigem. Por um momento não entendi as palavras.

Ela explicou que dessa vez a sócia tinha ido longe demais: a menina tinha treze anos. E antes que eu me apavorasse completamente, continuou:

— Se ela não der dinheiro, muito dinheiro, eles vão procurar a polícia.

Elas pensavam em vender o café. Estavam decididas.

A sala da casa alugada na praia dos pescadores não era nem branca nem tão pequena; agora é. Tinha outros mó-

veis; agora apenas a mesa, igualzinha, quadrada, mas em vez de cadeiras há quatro bancos mochos. Todos, mesa e bancos mochos, brancos. E neles, três pescadores. Todos os pescadores, velhos; morenos de cabelo grisalho, desdentados, sorridentes. Fumam palheiros e conversam entre si não por palavras, mas através dos sorrisos. Como sabemos que são velhos se mesmo os jovens têm a pele assim rachada e geralmente poucos dentes? Pela cor dos olhos, pela falta de cor nos olhos... Na estrada, de dentro do carro, vemos a coruja de concreto na frente do posto de gasolina. Passamos rapidamente por ela e pela encruzilhada, seguimos na BR, em altíssima velocidade, a estradinha de terra que leva à praia dos pescadores ficou para trás...
Vem da cozinha para a sala a primeira ex com um bule de inox glamourosamente brilhante. Ela vem a sorrir em câmera lenta, dentes menos brilhantes que o bule porém bastante brancos. Graças à câmera lenta, seu vestido leve esvoaça num ritmo sensual... Algo às nossas costas nos chama a atenção e nos viramos. Não há ninguém; ou havia e saiu da sala, foi para o quarto. Vamos segui-las...
Caminhamos na praia com a primeira ex. Céu nublado, de luminosidade intensa, perturbadora. Ela parece confortável de óculos de sol. Ela parece feliz por muitas razões, sobretudo nossa companhia. De canto de olho, caminhamos de mãos dadas. Cem metros à nossa frente, um homem anda pela areia no mesmo sentido, sozinho. Ele veste camisa branca de manga comprida e calça preta. Ele se desvia de algo na areia, sem parar, segue mais rápido, porque vai se afastando de nós. Trocamos olhares interroga-

tivos com a primeira ex. Nos aproximamos do volume na areia do qual o homem se desviou: uma tartaruga morta, de um metro, pelo menos. Não sentimos cheiro, mas há moscas ao redor. Paramos. Devia ser linda, a tartaruga, antes de ficar assim; o casco seco abrindo-se em sulcos, separando-se em placas. Nos abaixamos para ver de perto: nos sulcos, fragmentos de rede de pesca. Olhamos para a frente e o homem da camisa branca deve ter se adiantado demais com nossa parada, desapareceu de vista... Antes de entrarmos no quarto, olhamos para trás e a primeira ex então serve café para os pescadores e eles pararam de conversar e olham profundamente sérios para ela e seu vestido então quase transparente e devemos voltar e cobri-la com um lençol? Devemos expulsar os pescadores da casa? Devemos ir para o quarto como se nada estivesse acontecendo e eles não estivessem quase comendo a primeira ex com seus olhares sem cor mas vivos e suas bocas sem dentes mas famintas?... Analice de boné e cabelo preso e óculos de sol no banco do carona, de madrugada, semáforo vermelho, as ruas vazias, as poças d'água no asfalto, o tempo suspenso, ninguém nos vê... Os pescadores e a primeira ex não nos veem saindo da sala, assim como a segunda ex e a sócia que estão no quarto quando entramos, sentadas na cama, beijando-se na boca... E não vimos de onde esse homem veio e bateu no vidro do carro nos apontando uma arma, o semáforo ainda vermelho, Analice dormindo no banco do carona, "Sai do carro", ele não pode levá-la, ele engatilhou a arma, se não sairmos ele atira, Analice não percebe o que está acontecendo, o sinal não fica verde nunca?... Soa o interfone, a casa de Marvin, onde está Analice? Ninguém na sala, ninguém no quarto, ninguém no escritório. O cachorro do vizinho late. Só pode ser ele. Para onde foi Analice? O interfone soa mais uma vez, e mais outra, repetitivo, insistente, impertinente. Então o silêncio, o cachorro do vizinho não late mais. Então o barulho da chave na fechadura da porta, a maçaneta girando, a porta se abrindo. Então ele entra com suas botas de carteiro, seu uniforme de carteiro, seu chapéu de carteiro e os óculos de sol e a bengala desmontável de alumínio cutucando o piso da sala... Tudo escurece.

O ambiente é branco e iluminado. Não sabemos onde acaba o chão e onde começa a parede e onde acaba a parede e onde começa o teto. Só distinguimos uma porta. Que se abre. Entram Thom Yorke e Ed O'Brien e vêm em nossa direção, Thom à frente. Ele se agacha para falar conosco olho no olho. Ed O'Brien fica em pé lá atrás. Os olhos assimétricos de Thom. A barba malfeita. O sorriso bonachão de Thom.

"*Hey, Marvin, we're gonna play for you.*"

3.

No escritório da casa de Marvin e Analice, ela sentada em frente ao computador, não em sua cadeira de rodas, mas na cadeira executiva de couro ecológico preto. Na tela, o YouTube apresenta imagens de uma ilha: pequena praia entre rochedos e o mar de verde intenso e ondas mansas, duas crianças a correr na areia, vento nos cabelos das crianças, a menina vestindo um maiô estampado de porquinha Peppa, e o menino, pouco maior, usando óculos de aviador — não de mergulho, de aviador.

Escorado no marco da porta, de braços cruzados, Marvin observa Analice. Ele fica em silêncio, respira em silêncio. Ela não o percebe, continua voltada para o computador.

Na tela, as crianças continuam correndo na praia, agora pela beira d'água. A menina se adianta, para, vira-se e chuta água no menino, que se esquiva, que ri. E seguem correndo.

O pomo de adão de Marvin sobe e desce num espasmo e ele tosse.

— Desculpa. Não quis te atrapalhar.

Entra no escritório:

— O que você olha aí?

Chega ao lado de Analice.

— Não, não precisa sair. Eu me acomodo nesta...

E senta, meio desajeitado, na cadeira de rodas.

— Ah, sim, conheço... Quer dizer, nunca fui, conheço da internet.

Por um instante ficam os dois em silêncio assistindo ao vídeo.

— É linda.

Continuam assistindo sem falar.

Na tela, imagens de sobrevoo dos rochedos da ilha. No fim eles se curvam e assim formam uma pequena baía onde a faixa de areia praticamente desaparece, restam as pedras.

Marvin faz cafuné nos cabelos de Analice. Ela permanece imóvel. Pode dar a impressão de que a cadeira executiva gira sutilmente para um lado e para outro, no entanto é só impressão.

Na tela, um casal dá entrevista. Ao fundo, o mar, e eles estão de mãos dadas. Na legenda: seus nomes, procedência, turistas em lua de mel.

Analice já não presta atenção no vídeo. Olhos fechados, aproveita o carinho.

— Você esqueceu de colocar a aliança hoje.

Analice não responde. Não abre os olhos.

Marvin sorri.

Na tela, a tomada submarina exibe uma raia manta e a legenda diz ser a maior espécie de raia do mundo. Suas barbatanas, como asas, impulsionam um voo solitário e silencioso. Emerge uma trilha instrumental cheia de ambiências, dispensável, inútil, mais atrapalha que enriquece a imagem. A câmera estaca, a raia vai se afastando enquanto sobem os créditos, vai diminuindo, desaparecendo na escuridão infinita do fundo do mar, e a trilha sonora de ambiências dá lugar a outra com sintetizadores num loop aparentemente também infinito pois só acabará e só tem mesmo como acabar em fade-out, não há outro desfecho possível, não há resolução.

Café da manhã no ponto de vista de Analice. Em primeiro plano, cubos de melão com cereal numa tigela de porcelana branca; ao fundo, Marvin manuseando uma frigideira no cooktop, virando panquecas.

— Por que você não come?

Foco em Marvin: ele passa a panqueca da frigideira para um prato de porcelana branca. Vem sentar-se conosco à parte "mesa" da bancada.

— Posso fazer uma pra você também. Se prefere.

Derrama bastante mel na panqueca e fala, sem nos olhar:

— Mas não tem fome por quê?

A tigela cheia de melão na nossa frente, intocada. Ao fundo, a bisnaga de mel de volta à mesa. As mãos de Marvin ladeando o prato de porcelana. Ele tamborila. Foco na mão esquerda: a aliança de ouro branco no dedo anelar.

— Isso anda frequente.

Ele nos encara. Espreme o olho direito e ergue a sobrancelha esquerda.

— E com o que foi agora?

Foco na tigela branca, nos cubos de melão uniformemente cortados, no cereal miúdo largado displicentemente sobre eles.

— Sabe o que o Doc me diz sobre pesadelos?

Marvin começa a cortar e a comer a panqueca. O mel escorre pelo garfo. Ele fala de boca cheia:

— Que, segundo Freud, a função primordial do pesadelo é nos acordar. Geralmente porque estamos com a bexiga estourando.

Engole a panqueca e ri. Corta outro pedaço e leva à boca, mas para no meio do caminho.

— Então, no fundo, no fundo, o pesadelo serve pra gente não mijar na cama.

Enfia a panqueca na boca e fala outra vez de boca cheia, agora olhando para o horizonte, como se falasse consigo próprio:

— Decepcionante...

"Entendo o que ele quer dizer. Importa o conteúdo profundo, com o que se mexe... Eu ia dizer 'na realidade', veja só. Mas a gente se engana tanto, fica difícil considerar realidade a vida acordada. Só que a frase fica estranha: o pesadelo nos acorda pra irmos mijar. Nunca te contei, talvez seja a hora: você fala enquanto dorme, quase todas as

noites. Às vezes dá pra distinguir algumas palavras, mas a maioria não. Você quer botar pra fora, não sei o quê, e agora vem me dizer que teve um pesadelo, e se diz que teve é porque lembra mas não quer me contar o que foi. Assim não posso ajudar. Me desculpa."
Marvin se levanta e deixa o prato de porcelana branca na pia. Volta à bancada e recolhe a tigela ainda repleta de cubos de melão.

— Que bom que mudou de ideia e comeu tudo.

Leva a tigela à pia e a põe sobre o prato dele. Pega um cubo de melão e come. Fala olhando pela janela, sem se virar para nós:

— Você tem que aprender a confiar em mim.

Subitamente ele nos crava um olhar incisivo:

— Como assim, "viajar sozinha"?

Olhando daqui, a gente vê três estrelas brilhantes e alinhadas, e chama de Três Marias. Foi o primeiro desenho que aprendi a identificar no céu de noite. Na verdade, até hoje é o único desenho que consigo ver sem ajuda dos outros, sem aquela insistência em apontarem o dedo dizendo: "Ali, ó, segue o meu dedo, não tá vendo aquela panelinha?, não tá vendo uma cruz?, não tá vendo a puta que pariu?", então concordo e o "astrônomo" se dá por satisfeito como se tivesse salvado minha vida caso um dia eu me perdesse na floresta sem bússola ou sem GPS. Vamos admitir que a minha geração não sabe usar nem a bússola. Entretanto... as Três Marias, ora, as Três Marias qualquer retardado identifica. Isso ajuda a sair da floresta? Não, óbvio que não. Mas a pessoa se sente segura por identificar, por reconhecer e conseguir dar nome para alguma coisa no meio do infinito ou da balbúrdia. É um alívio, é a salvação. Até o dia em que aparece um "astrônomo" mais avançado e resolve se exibir te contando que Delta Orionis, à direita, é na verdade um sistema de três estrelas se namorando, se orbitando entre si, a novecentos anos-luz da Terra, que Epsilon Orionis, no centro, esta sim é *uma* estrela, uma supergigante azul-branca, a mais de mil e trezentos anos-luz da Terra, e que Zeta Orionis, a da esquerda, também é um sistema de três, a oitocentos anos-luz da Terra, ou seja, as Três Marias não são três estrelas e não estão alinhadas como você percebe, o nome disso é asterismo, uma figura imaginária...

Eu tinha oito anos, ela também. Nos conhecemos no primeiro dia de aula da terceira série. Quer dizer, eu a conheci, porque naquele dia acho que ela não me viu. Ela estava sentada bem na frente, com uma camisa azul de um tecido que na época os adultos usavam muito, as mulheres adultas, lembro que minha mãe usava; e eu, sentado no fundão. Sei que vai parecer estranho, mas naquele primeiro dia não vi o rosto dela. Ela não se virou nem uma vez sequer, e no recreio sumiu, e ao meio-dia saiu antes de mim e sumiu de novo. Mas passei a aula toda olhando e não entendendo por que olhava tanto pra ela. Não conseguia parar. Torcia pra que ela se virasse, queria ver seu rosto, e ao mesmo tempo tinha medo de ela se virar e me ver. Além disso, eu não conseguia imaginar como seria seu rosto, seus olhos... Tinha medo de ela se virar e não ser como eu gostaria que fosse. Já seria uma catástrofe, porque eu já estava apaixonado.

Faltei os quatro dias seguintes de aula. Acordei com hematomas na manhã do segundo dia, por quase todo o corpo: nos braços, nas pernas, nas costas. Minha mãe perguntou se eu havia me batido ou apanhado de alguém na escola. Não, não que lembrasse. O médico da família foi até nossa casa, me apalpou, baixou minha língua com a espátula da náusea pra ver a garganta, olhou dentro das minhas orelhas, perguntou se eu havia me batido, enfim pediu exames de sangue. No laboratório, o rapaz da coleta rebolou tentando achar uma veia, me picou todo. Eu olhava para o rosto da minha mãe crispado de pena. Ela era gorda e tinha papo, e o papo aumentava com aquela expressão de pavor. Não ri porque estava meio fraco. Mas não senti as agulhadas, como se fossem em outra pessoa. Eu só sentia medo: medo de voltar para a escola. Os exames revelaram que eu não tinha nada. Só hematomas. Senti vergonha do trabalho que dei aos meus pais, porque sabia o que era: o medo. Fiquei de cama, em observação, tomando chás e sopas. Eles não sabiam o que fazer, porém tinham que fazer alguma coisa. Eu me olhava no espelho do banheiro antes do banho, nu, parecia ter sido espancado. No sábado os hematomas já estavam sumindo e na segunda-feira voltei pra aula, era inevitável.

Fui um dos primeiros a entrar e me sentei no fundão. Ainda o medo. Os meninos e as meninas entravam aos trambolhões e a adrenalina me atrapalhava o raciocínio.

Eram, em sua maioria, meus colegas desde a primeira série ou até desde o jardim. Mas ali entravam como desconhecidos, anônimos, figurantes... estorvos. Eu queria gritar: "Saiam daqui, imbecis, voltem para o buraco, falem baixo, calem a boca"...

Não me deixem sozinho.

E ela? E se já tivesse entrado sem eu perceber?

Rapidamente, olhei pra todas as classes ocupadas e voltei a olhar para a porta e talvez todos estivessem muito parecidos naquele dia, mas a menina tinha que ser diferente, tinha que *brilhar* no meio dos outros. Eu conseguiria ver? Mal conseguia respirar, sufocado na confusão, e olhei pras janelas: abertas. De repente me dei conta de que esperava uma camisa azul e ela poderia e provavelmente estaria usando outra roupa e isso teria me atrapalhado no controle da porta; conferi de novo todas as classes ocupadas, mas não era possível me concentrar porque seguia entrando gente e eu via de canto de olho.

— Me empresta um atilho? — alguém falou.

Quem?

Foi a menina sentada na classe à minha frente. Uma garotinha ruiva de sardas e óculos grossos.

— O que é isso? — perguntei; não lembrava de tê-la visto chegar até ali e ocupar a classe.

— Borrachinha de dinheiro — ela respondeu.

Ah, sim, borrachinha de dinheiro eu sabia o que era. Nós nem tínhamos idade pra chamar a borrachinha de dinheiro de "atilho".

Entrou o último colega. A professora já pegava um giz

pra escrever no quadro-negro. Quando a professora entrou? Fecharam a porta.

— Me empresta — a menina insistiu.

Olhei pra ela com ódio no coração, porque havia me atrapalhado, me distraído. Ela também me sufocava.

— Não tenho.

— Você é novo na escola? — ela perguntou.

— Não — respondi. — Você que é. Eu estudo aqui desde o jardim de infância.

Ela me lançou um olhar desconfiado.

— Semana passada fiquei em casa, doente — eu disse.

— Doente do quê?

— Não sei.

A professora pediu silêncio, ia fazer a chamada. A menina perguntou baixinho:

— Como é teu nome?

— Marvin.

Ela riu.

— Marvin, tipo o Marvin do Pernalonga?

Eu não estava de bom humor. Devolvi a pergunta:

— E o teu?

A professora chamou o primeiro nome:

— Analice.

A menina se virou para a frente e ergueu a mão:

— Presente.

Então ela estava de costas para mim, como no primeiro dia, e eu não precisava mais de nenhuma camisa azul pra saber quem ela era...

O problema era que ela não tinha lugar certo. Naquele tempo nós, os outros alunos, tínhamos. Eu, por exemplo, me sentava sempre no fundo. Nos meses seguintes ela não se sentou mais perto de mim. Não era nada contra mim, nunca me deu essa impressão; é que ela, bem, ela não tinha lugar certo.

Eu tinha, não só na aula como em casa: lugar certo à mesa da cozinha, lugar certo no sofá da sala para ver TV, lugar certo no banco de trás do carro... Só não contei aos outros, na escola e na família, que eu na verdade não estava lá. Hoje desconfio que minha mãe e a professora soubessem. Impossível disfarçar: as notas baixíssimas me denunciavam, a falta de apetite, o mutismo... e os hematomas. Tinha pesadelo quase toda vez que dormia, quase sempre um afogamento, mas variava o lugar: podia ser em rio numa noite, no mar em outra, teve poço, teve uma vez na sala de aula, Analice sentou atrás de mim e não tive coragem de me virar, ela me chamou e não tive coragem de responder, ela pôs a mão no meu ombro e fechei os olhos e veio aquele barulhão e tudo tremia e era água entrando pela porta, pelas janelas, água, tudo inundado, eu já debaixo d'água sem poder respirar, eu e as classes e as cadeiras e o apagador da professora na gravidade zero em câmera lenta, onde estavam os outros? onde estava ela? Nessas madrugadas me acordava com falta de ar real, me sentava na cama, agradecia por ter sido um sonho, retomava o fôlego, e logo percebia que não havia razão para agradecer: Analice não sentia o mesmo por mim.

Tanto que partiu sem se despedir; saiu da escola, da cidade e da minha vida antes de acabar o ano. O pai, militar, foi transferido para a Amazônia. O pai dela devia ser do tipo de homem treinado para se guiar pelas estrelas caso se perdesse na floresta — ainda que a referência fosse um asterismo, um desenho imaginário.

Pela janela da sala, vemos o céu fechado de nuvens pretas e por vezes um clarão de raio, ao longe, entre as nuvens.

No meio da sala, Analice na cadeira de rodas, voltada para a janela, as pernas descruzadas, um olhar apreensivo.

Marvin passa pela janela, no sentido da cozinha para os quartos. Ouvimos sons indistintos vindos do escritório.

Marvin retorna à sala e acende as luzes. Observa Analice por um breve momento. Sai em direção aos quartos outra vez.

Um clarão mais intenso no céu, trovões. O vidro da janela treme. As lâmpadas se apagam: blecaute.

Marvin entra na sala e se posta à janela, olhando para fora. No ponto de vista de Analice, ele é uma silhueta.

No reflexo do vidro da janela, vemos seu olhar esquadrinhando o céu.

— Na internet, eu poderia procurar analices ruivas da minha idade, não deve ter muitas.

Ele escora a testa no vidro.

— Mas o que eu diria? "Olá, aqui é o Marvin do Pernalonga, teu colega na terceira série, lembra?"

Analice olhando para o chão.

Ainda com a testa no vidro, Marvin fecha os olhos.

— Nessas alturas, ela provavelmente tem um marido, uma família, uma vida.
Ele apoia a mão direita espalmada no vidro.
— Se não morreu, claro. Daí eu não teria o que dizer. Não teria pra quem dizer: "Olá, sou o Marvin... do Pernalonga".
Ele se vira e apoia as costas na janela. Para Analice, na contraluz, Marvin não tem rosto.
Após alguns segundos em silêncio, ele fala:
— Não sou obrigado a passar por isso.

Na contraluz, Marvin não tem boca. Suas palavras vêm do escuro.
— Lealdade. Você consegue entender o conceito?...
"Dito ou não dito, é um pacto. Tudo mais depende dessa segurança. Quando ela não existe, nós mesmos viramos outra pessoa. Uma desconhecida. Quando alguém nos ama, olha para nós e nos reconhece. Sem esse olhar você não passa de mais um na multidão, um desconhecido em quem as pessoas esbarram e às vezes não têm nem tempo de pedir desculpas. Sempre fui leal à primeira ex, à segunda ex, a você. Por muitos anos eu fui leal até à menina."
Marvin contorna o sofá e vem até Analice.
Ele se inclina sobre ela e a beija na boca, demoradamente, de olhos abertos — ela continua olhando para o chão.
Ele para de beijá-la e volta a ficar em pé.
— Olha pra mim.

* * *

Na penumbra, temos a impressão de que Analice fechou os olhos.

É noite e chove forte. Os limpadores de para-brisa do carro, na velocidade máxima. Marvin dirige numa estrada mal sinalizada, estreita, de asfalto ruim e sem acostamento. Dirige inclinado para a frente e de olhos espremidos. A visibilidade precária o faz cair em alguns buracos no asfalto, ouvimos o barulho de ferro batendo, o solavanco assusta. Quando enxerga com antecedência algum buraco maior, ou poça d'água que possivelmente seja buraco, Marvin reduz e desvia pela contramão. Por sorte a estrada está deserta. Deitada no banco de trás, sofrendo os solavancos, Analice.

Duas horas atrás, o céu ainda não rebentara, mas se contorcia em raios e trovões. Marvin, sentado no sofá, de frente para Analice, tremia inteiro: as mãos, a cabeça, a voz:

— Nenhuma de vocês jamais disse onde foi exatamente que eu errei.

Ele se recostou no sofá e jogou a cabeça para trás. Cantarolava baixinho:

All the things you've got
She'll never need
All the things you've got
I've bled and I bleed to please you

Agora o carro chega a uma ponte estreita, só passa um veículo de cada vez. Marvin diminui a velocidade, quase para, presta muita atenção: não vem ninguém do outro lado. Avança.

Uma hora e cinquenta minutos atrás, Marvin, deitado de lado no sofá, as pernas encolhidas e tendo as mãos como travesseiro, enxergava Analice nos clarões dos raios.

— Se não vai me olhar, pelo menos me diz alguma coisa. Te defende.

Ela não se defendeu.

Ele se esticou, pressionou os pés e a cabeça contra as guardas do sofá, numa contorção, como um feto querendo esgarçar o útero materno.

A ponte é de no máximo trinta metros, ladeada por muretas baixas e amarelas. Na cabeceira, o desnível com a estrada faz Analice cair do banco para o assoalho do carro. Marvin se assusta com o barulho e para, no meio da ponte. Por dentro, não consegue erguer Analice do assoalho para o banco. Sai do carro.

Uma hora e quarenta e sete minutos atrás:

— Diz que você não ficava de banho tomado, bem-vestida e cheirosa, esperando o carteiro chegar. Me explica esse sapato de salto alto pra ficar em casa.

Analice, de olhos arregalados para Marvin, não tinha como vê-lo nem mesmo nos clarões dos raios, porque ele estava ainda no sofá, protegido da luz; ela só podia ouvir a voz inquisidora, voz cheia de ódio, distorcida pelo ódio.

Voltou a energia, acenderam-se as lâmpadas.

Marvin, num reflexo, levantou-se do sofá, arrancou

Analice da cadeira de rodas por um braço e arrastou-a pelo chão.

— Você é igual a todas as outras.

Foram em direção à cozinha.

— São todas iguais.

Na truculência do percurso, Analice perdeu um sapato, e o cabelo se desarrumou, cobrindo-lhe o rosto. Marvin, com a força excepcional que a insanidade dá às pessoas, levantou Analice do chão, jogou-a sobre a bancada de madeira e sem transição pegou uma das facas Zwilling do cepo, uma de cortar carne, a maior delas, a mais bonita e, com os lábios tensos, as pálpebras em espasmo, ergueu-a acima da cabeça.

Analice evitava olhar para a faca, tinha a face virada para o lado, a expressão congelada de quem só espera o desfecho, de quem é impotente até para gritar, de quem, no limite, se doa.

Marvin desferiu o golpe, cravou a lâmina no tampo da bancada, diante dos olhos de Analice, e murchou, esvaziou-se feito um boneco inflável até se quedar sentado no chão, repetindo, com a voz fraca:

— Todas iguais. Você e as outras duas...

E mais fraca:

— Por que vocês têm sempre que ir embora?

Agora ele está fora do carro, debaixo da chuva, inteiramente molhado, olhando para o vidro da porta traseira. Deixara os faróis acesos.

Agora ele está retirando Analice do carro, enrolada num lençol branco.

Agora ele está à frente do carro, na beira da ponte, com Analice no colo, sob a luz forte dos faróis. Ele apoia o pé direito na mureta, usa a coxa para acomodar Analice e assim, com a mão livre, arruma o cabelo dela.

Marvin joga Analice da ponte.

Fica olhando para baixo por alguns segundos antes de voltar ao carro e partir.

Aqui embaixo, tudo o que há é escuridão e o som da chuva constante e uniforme batendo na água e batendo nas pedras ribeirinhas. De quando em quando ouvimos um trovão longínquo. Mais nada. Paz.

No clarão de um raio, num átimo, talvez tenhamos visto pela última vez Analice, metade do corpo no riacho, metade nas pedras da margem, nua.

4.

Amanhece outra vez com tempo seco após a madrugada chuvosa. O grande portão de aço da Transportadora Blue Angel se abre pesadamente e rangendo ao deslizar sobre o trilho no chão. Seu logotipo alado, azul e branco, vai desaparecendo por trás do muro alto que se completa com uma cerca de concertina dupla, elétrica. Despejam-se dois caminhões: o primeiro toma a rodovia para a direita, no sentido capital-interior; o segundo, para a esquerda, vai entrar na cidade, nosso destino.

A água empoçada nos sulcos do asfalto ainda reflete nuvens, outdoors coloridos, letreiros em neon, fachadas de indústrias, mais nuvens, a luz vermelha do primeiro semáforo, a luz verde, faróis, fachadas de lojas, de prédios, poste, nuvens, poste, poste... O caminhão passa devagar por um viaduto com trânsito em meia pista devido a obras. Há edifícios de ambos os lados: janelas se abrindo na altura do viaduto, outras já abertas; pessoas se acordando, pessoas acordadas; luzes acesas porque o dia ainda não invadiu os apartamentos, luzes acesas porque nunca se apagaram, insones.

Trinta minutos rodando, o caminhão entra num bairro de casas e de condomínios residenciais. Ao dobrar uma esquina à direita, pequeno susto: o motorista freia de soco para não atropelar um gato que atravessa a rua, o bicho indiferente. Mais duas esquinas, entra na rua dos Gerânios. Para em frente ao número 29: casa pequena, recentemente pintada de verde-lima, portão branco.

Do carona, desce um funcionário da transportadora, boné com logotipo, toca o interfone da casa, volta e fala algo ao motorista, que também desce do veículo, também de boné com logotipo, e os dois vão abrir a carroceria e retirar dela uma caixa retangular com mais de metro e meio de comprimento e aparentemente pesada.

Marvin, óculos e pijama bordôs, vem até o portão, olha para todos os lados e certifica-se de que não haja vizinho algum por perto antes de abri-lo.

Primeiro dia do ano letivo de 1984.
Marvin pedala velozmente sua Caloi vermelha por uma rua de paralelepípedos. Uniforme escolar azul-marinho, mochila nas costas, franja esvoaçante. As lojas do bairro fecham as portas para o intervalo do almoço. Marvin, distraído, anda pelo meio da rua até ouvir uma buzina atrás dele e vai para a lateral. Passa um Fusca verde de

vidros abertos, o motorista xinga Marvin, que retribui sorrindo. O Fusca acelera e se afasta, o motorista põe o braço esquerdo para fora da janela e exibe o dedo médio. O menino, imune a todo o mal que há no mundo, continua sorrindo e pedala mais rápido, dando a face ao sol com a alma plena de quem acaba de descobrir o amor.

O projeto foi iniciado em 2015 na oficina "A construção do romance", de Luiz Antonio de Assis Brasil, no espaço Via Cultura, em Porto Alegre. Agradeço a colaboração dos colegas oficineiros e especialmente do professor, ele que é uma constante em minha carreira literária desde o princípio. Agradeço também aos que me ajudaram com a leitura do texto e suas opiniões: Valesca de Assis, Lucia Porto, Lucinara Zago, Thiago Flores Schmitt, Julia Bussius, Vitor Biasoli e, de novo, Luiz Antonio.

E dedico este livro à memória do meu amigo Ivan Fiedoruk, que talvez tenha inventado o Radiohead.

ESTA OBRA FOI COMPOSTA EM MERIDIEN PELO ESTÚDIO O.L.M. / FLAVIO PERALTA E IMPRESSA EM OFSETE PELA GRÁFICA PAYM SOBRE PAPEL PÓLEN BOLD DA SUZANO S.A. PARA A EDITORA SCHWARCZ EM ABRIL DE 2022

A marca FSC® é a garantia de que a madeira utilizada na fabricação do papel deste livro provém de florestas que foram gerenciadas de maneira ambientalmente correta, socialmente justa e economicamente viável, além de outras fontes de origem controlada.